SCÈNES ET LÉGENDES

Charlemagne et son neveu Roland.

GUY DELAFOREST

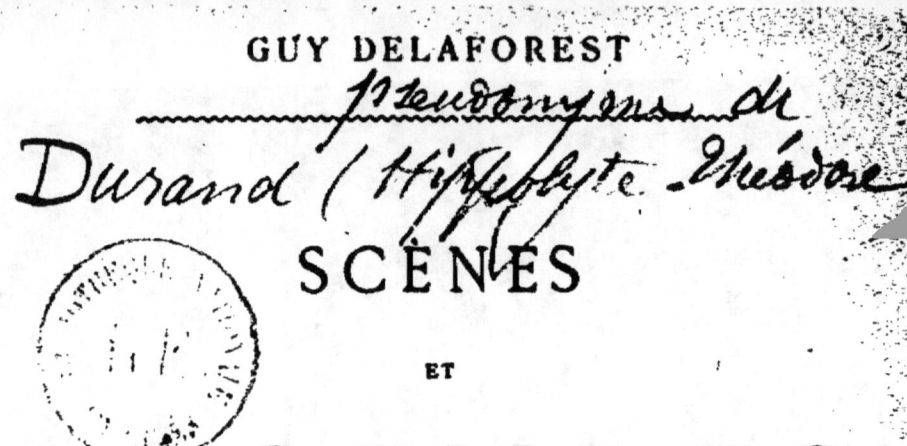

SCÈNES

ET

LÉGENDES

L'ENFANCE DE ROLAND — DOMRÉMY

LA VOCATION DE BAYARD — LE PETIT GUIFFREY DE BOUTIÈRE

LES DAMES DE BRESCIA — UNE JOURNÉE D'AMBROISE PARÉ

LE COUP DE CANON — LE LIBÉRATEUR DE L'ALSACE

LE CUIRASSIER DE MORSBRONN — RICHARD WITTINGTON

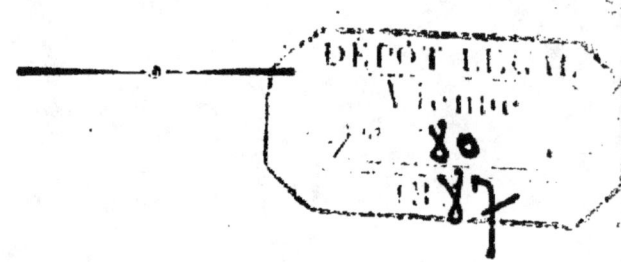

PARIS

H. LECÈNE ET H. OUDIN, ÉDITEURS

17, RUE BONAPARTE, 17

—

1887

AU LECTEUR

Quand vous étiez enfant, lecteur, aux jours de fêtes,
Vous voyait-on courir vers les marionnettes,
Retenir à prix d'or, au théâtre Guignol,
Soit fauteuil à l'orchestre ou loge d'entresol ;
D'une double lorgnette armant votre prunelle,
Suivre attentivement Monsieur Polichinelle,
Applaudir au décor, à la pièce, aux acteurs,
Et très naïvement acclamer les auteurs ?

Mon livre vous ramène aux jeux de votre enfance :
N'en dites pas de mal, j'en prendrais la défense.

Qui dit théâtre, dit action. — Le bambin
Inventa pour ses jeux le mouvement sans fin.
Sa nature le cherche et jamais ne s'en lasse.
Parler, gesticuler, agir, changer de place,
Courir comme la meute et donner de la voix,
Remplir, sans s'épuiser, dix rôles à la fois,
Etre le spectateur, l'acteur et le prologue,
Mimer, souffler, jouer, mener le dialogue,
Corriger, suggérer, prendre ou donner le la,
Encourager ceux-ci, morigéner ceux-là,
Enfin, changer vingt fois d'habit, d'air, de langage,
Bagatelle pour lui, simples jeux où l'engage

Une complexion qui gouverne et fait loi.
De cette activité comment régler l'emploi,
Fournir son aliment à cette ardente flamme,
Et contenter l'esprit sans nuire à la jeune âme ?

Théâtre, charge-toi de ces soins délicats.

Ici, j'entends quelqu'un, grand éplucheur de cas,
(Ce n'est pas vous, Monsieur, — ni vous non plus, Ma-
            [dame)
Jeter sur mon projet la critique et le blâme
Au nom des bonnes mœurs. — Expliquons-nous : j'en-
            [tends
Un théâtre épuré. Sujets compromettants,
Mots suspects ou grossiers, basse plaisanterie,
N'y mettront pas le pied. Nous sommes, — je vous prie
De le croire, — très fort de votre opinion
Touchant les bonnes mœurs et la corruption.
Nous savons le respect que l'on doit à l'enfance,
C'est une piété. Malheur à qui l'offense,
Malheur à qui ternit d'un seul mot libertin
Cette fleur de candeur qui passe en un matin.
Un semblant d'équivoque, une ombre de licence,
C'est assez pour faner le lis de l'innocence.
Mais ne peut-on plus rire et s'amuser un peu
Sans blesser la morale et pécher contre Dieu ?
N'est-il que des sujets risqués et condamnables?
Le pays de l'histoire et le pays des fables
N'ont-ils aucune source où l'on aime à venir
Puiser une espérance au fond d'un souvenir ?
Eh ! l'histoire de France, à ne parler que d'elle,

Ne fournit-elle pas l'exemple et le modèle
Des vertus qu'il convient qu'on inculque aux enfants?
Et les vices toujours n'y sont pas triomphants.
Trouvez mieux que Bayard, Jeanne d'Arc et Turenne
Pour semer dans les cœurs, comme une bonne graine,
Fierté, devoir, honneur ! Ce siècle en son déclin,
Puisse-t-il susciter un second Duguesclin
Pour chasser le Teuton de notre vieille terre,
Comme le grand Breton en chassa l'Angleterre !

Héros des temps passés, chers et fameux héros,
Dont l'immortalité n'est pas faite de mots,
Mais d'actes glorieux, qu'il faut qu'on idolâtre,
De vos grands souvenirs peuplez donc mon théâtre !

« Illusion, Monsieur ! vous tomberez à plat ;
« Quoi ! ce grand art qui veut tant de pompe et d'éclat,
« L'appareil du décor, le faste de la scène,
« Et tout ce qui te sert de cadre, ô Melpomène,
« Vous le faites passer sous vos petits niveaux :
« Petits drames, petits acteurs, petits tréteaux ! »

Monsieur, avez-vous vu la lanterne magique ?
Tout un peuple d'enfants à regarder s'applique,
Ecarquille les yeux et consulte le mur,
Le mur, espèce d'antre ou de sphinx, plus obscur
Et plus mystérieux qu'une bouche d'oracle.
L'innocent croit d'abord que c'est tout le spectacle ;
Et qui pourrait sonder le for intérieur
Y verrait poindre et sourdre une vague frayeur.
Soudain, une lueur éclate, un jet de flamme

Du magique appareil jaillit ainsi qu'une âme,
Fend l'air qui s'illumine et sur le sombre écran
Darde, comme un œil d'or, son cercle fulgurant :
C'est le signal ! — Voici qu'au sein de l'orbe immense
L'étrange défilé commence et recommence :
Personnages humains aux habits merveilleux,
Monuments imprévus, animaux fabuleux,
Surprenants végétaux qu'aucun naturaliste
Ne connut sur la terre et n'admit sur sa liste,
Epanouissement d'un monde sans pareil,
Phébé, la lune, auprès de Phébus, le soleil ;
Les constellations en chœur, et les planètes
Visibles à l'œil nu, sans compter les comètes.

Qui produit tout cela ? L'illumination
D'un morceau de cristal que traverse un rayon.

Allez leur dire un peu que ce n'est que de l'ombre,
Cette apparition de merveilles sans nombre,
Et qu'un souffle suffit à faire évanouir
Ce qu'une flamme a fait naître et s'épanouir !
Eh bien ! ami lecteur, c'est le même miracle
Que t'offre — viens-y voir — ma salle de spectacle.
Et quel foyer fournit la flamme et le rayon
A mon humble appareil ? L'imagination.
Ma lanterne magique est dans l'enfant lui-même ;
Toute réalité pour eux est un emblème.
Le plus grand machiniste, eût-il nom Vaucanson,
Près d'un petit enfant n'est qu'un petit garçon.
Leur esprit créateur, et qui commande aux choses,
Asservit chaque objet à cent métamorphoses.

Ils disent au fauteuil ainsi qu'à l'escabeau :
« Roulez, wagon ; sifflez et fumez, paquebot ;
Brûlez le rail de fer ou fendez l'onde amère. »
Une géographie à la façon d'Homère
Leur permet d'accomplir périples plus hardis
Que ceux qui par Lesseps furent rêvés jadis.
T'rois tiges de roseaux qu'enfourche avec furie
Un trio de bambins, c'est la cavalerie ;
Une ombrelle, captive entre deux paravents,
C'est un aérostat fatigué par les vents.
Les terres et les mers, la coupole profonde
Du firmament, le monde enfin, le vaste monde,
Ils s'emparent de tout avec le sans-façon
D'un voyageur rentré le soir dans sa maison.
Si la réalité gêne leur fantaisie :
« Ote-toi, disent-ils, je suis la Poésie,
De mon ami Perrault j'ai naguère hérité
La baguette magique et le sceptre enchanté. »

Un dernier mot. La forme (ô Bridoison, la forme !)
De cet in-octavo peut vous paraître énorme (1).
L'éditeur l'a voulu : c'est sa faute. Les vers...
— Quoi ! l'ouvrage est rimé ? — C'est peut-être un tra-
                                          [vers,
Mais si je connaissais un plus doux idiome
Pour parler aux enfants, — qui d'un plus pur arome
Embaume une pensée, en rehausse le prix,
C'est encore celui-là que ma Muse aurait pris.

(1) La première édition de cet ouvrage est en grand format.

Aimons les rythmes d'or. Par eux, notre pensée,
Sur un axe sonore en chantant balancée,
A demi souriante et sévère à demi,
S'imprime dans le cœur comme un baiser d'ami.

L'ENFANCE DE ROLAND

VIIIe SIÈCLE

PERSONNAGES

CHARLEMAGNE Empereur.
ROLAND, agé de douze ans.
BERTHA, sa mère.
Une dame du palais.
L'Archevêque Turpin.
Alcuin.
Un échanson.
Premier écuyer tranchant.
Deuxième écuyer tranchant.
Un chef d'archers.
Un archer.
Premier bourgeois.
Deuxième bourgeois.
Une femme de la campagne.
Dames de la cour.
Femmes du peuple.
Ecoliers.
Archers, pages, serviteurs a la livrée impériale.
Sonneurs de cor.
Groupes populaires.

La scène se passe à Aix-la Chapelle, dans le palais.

L'ENFANCE DE ROLAND

PREMIER TABLEAU
COMMENT ROLAND CONQUIT CHARLEMAGNE

La scène représente la grande salle du palais de Charlemagne à Aix-la-Chapelle. Deux entrées au fond, deux autres entrées latérales. Cette salle est coupée en trois nefs, dans le sens de sa longueur, par deux rangs de hautes colonnes. Au fond de la nef du milieu, une estrade richement décorée, un dais magnifique occupent l'espace entre deux colonnes. Sous le dais, une table devant laquelle une chaise de marbre blanc, la chaise de Charlemagne, qui se voit encore à Aix-la-Chapelle.

Au lever du rideau, des pages et des valets s'occupent à dresser le couvert pour le repas de l'empereur.

Des archers sont en faction aux portes du fond.

Groupes de bourgeois et d'hommes du peuple circulent dans les nefs latérales : celle du milieu est close par des barrières à jour ou des tentures. L'attention de ces groupes se porte principalement sur les deux portes du fond.

Au lever du rideau, Bertha et son fils Roland entrent par une des portes latérales, laquelle se trouve assez rapprochée du spectateur. *Bertha* est en habit de veuve, pauvres et usés : pieds poudreux, un bâton de pèlerin à la main. *Roland* en habits de plusieurs couleurs, usés et rapiécés. On voit qu'ils viennent de faire une longue route.

SCÈNE I.

BERTHA, ROLAND, *sur le devant de la scène; groupes dans le fond.*

ROLAND.

Où me conduisez-vous, mère?

BERTHA.

                              Dans le palais
Du puissant Empereur. Ces pages, ces valets,
Ces soldats sont à lui. La France, l'Allemagne,
Le monde sont étroits pour lui, pour Charlemagne;
C'est le plus glorieux des empereurs et rois.

ROLAND.

Mère, l'avez-vous vu quelquefois?

BERTHA, *amèrement.*

                              Quelquefois!...
Oui... Ma main a pressé sa droite redoutable,
Et je me suis assise à sa table.

ROLAND.

                    A sa table!
Est-ce possible? Alors vous étiez de sa cour;
Oh! contez-moi cela!

BERTHA, *embarrassée et voulant rompre.*

                    Plus tard..., un autre jour.

ROLAND, *avec insistance.*

Mon père était sans doute au rang de ses fidèles ?

BERTHA.

Hélas !

ROLAND, *caressant.*

Quoi ! vous pleurez ! Mes paroles ont-elles
De ma mère chérie éveillé les douleurs ?
Je veux sous mes baisers essuyer tous vos pleurs.

Il l'embrasse.

Vous m'en parliez jadis d'une voix grave et tendre.

BERTHA.

Ne m'interroge plus ; tu ne saurais m'entendre,
Mon Roland bien-aimé. Regardons l'avenir,
Et non plus le passé. L'empereur va venir
Ici, sous ce dais d'or. Dans sa chaise de marbre,
Entre ces deux piliers hauts et droits comme un arbre,
Tu le verras s'asseoir avec tous ses barons,
Et son front couronné dépasser tous les fronts.

ROLAND.

C'est beau d'être le roi, de commander aux autres !

BERTHA.

Les rois ont leurs soucis plus cuisants que les nôtres.
Et tel fut redouté comme pasteur d'humains,
Qui sentit chanceler la houlette en ses mains.
Va, ne regrette pas l'obscurité profonde.

ROLAND.

Mais quand je serai grand, parmi le vaste monde
Vous me laisserez bien guerroyer, n'est-ce pas?
A cheval, dague au poing, et ma bannière au bras,
J'irai chercher au loin les nobles aventures,
Combattre les méchants, châtier les parjures,
Et rassurer les bons assemblés sous ma loi.

BERTHA.

Où prends-tu ces pensers, mon fils? Regarde-toi :
Tes habits bigarrés et qui ne tiennent guère,
Est-ce l'accoutrement qui sied aux gens de guerre?
Puis, qui te donnera ce fameux destrier?

ROLAND.

Qui? mon courage donc, et ma dague d'acier!
Ne soyez pas en peine, et laissez les années
M'apporter dans leur cours ces belles destinées.
La fortune rêvée est toute à conquérir?
Soit! Je suis un vaillant et je saurai mourir.

BERTHA.

Mourir!...

ROLAND.

Ou triompher sur le champ de bataille.
On peut avoir grand cœur avec petite taille.

BERTHA, *à part.*

C'est l'âme de son père et, dans son œil loyal,
J'ai vu briller l'éclair de l'astre impérial.

A ce moment, on entend du dehors les fanfares d.i cortège de Charlemagne. Il se fait un grand mouvement parmi la foule qui se groupe dans les deux nefs latérales, en se rapprochant du spectateur, et le long des barrières. La table impériale est complètement servie ; les pages et les valets sont à leur poste au fond. Bertha se perd dans la foule croissante. Roland se tient près d'une colonne, bien en vue et à proximité du chemin que doit suivre le cortège. Les archers entrent en plus grand nombre. La tête du cortège apparaît, et le défilé se prolonge pendant une partie de la scène suivante.

SCÈNE II.

ROLAND, *en vue.* LE CHEF DES ARCHERS, UN ARCHER, PREMIER ET SECOND BOURGEOIS, UNE FEMME DE LA CAMPAGNE, GROUPES.

VOIX DIVERSES, DANS LE FOND.

Le voilà ! le voilà ! Vivat !

La foule devient houleuse et veut se précipiter.

LE CHEF DES ARCHERS.

Manants, arrière !
Archers, faites la garde autour de la barrière,
Et ne laissez personne obstruer le chemin.

PREMIER BOURGEOIS, *aux archers qui le repoussent.*

Eh ! doucement !

UNE FEMME, *à son fils.*

Conrad, ne quitte pas ma main.

DEUXIÈME BOURGEOIS.

Ces archers sont brutaux. J'ai droit de voir, en somme.

UNE FEMME DE LA CAMPAGNE, *à l'un des bourgeois.*

Maître, dites-moi donc un peu quel est cet homme?

PREMIER BOURGEOIS.

Qui?

LA FEMME.

Cet homme couvert d'une peau de mouton?

PREMIER BOURGEOIS.

D'où sortez-vous, ma chère ?

DEUXIÈME BOURGEOIS.

Elle est de son canton !

PREMIER BOURGEOIS.

Eh! c'est tout bonnement l'Empereur Charlemagne.

LA FEMME.

Quoi ! vêtu de la sorte?

DEUXIÈME BOURGEOIS.

A la chasse, en campagne,
C'est sa manière à lui. Le plus mince officier
Se fait chamarrer d'or ; — lui, préfère l'acier
Ou la chaude toison.

LA FEMME DE LA CAMPAGNE.

Et cette barbe blanche
Dont on fait cent récits?

PREMIER BOURGEOIS.

Absente.

DEUXIÈME BOURGEOIS.

Le dimanche,
Charles se fait raser comme un simple bourgeois.

PREMIER BOURGEOIS.

On en donne à garder à nos bons villageois.

DEUXIÈME BOURGEOIS.

Ce sont les ménestrels.

LA FEMME.

Ma foi, dans mon idée,
Je me le figurais plus grand d'une coudée.

PREMIER BOURGEOIS.

C'est l'effet du lointain ; nous faisons volontiers
Un colosse d'un roi.

LA FEMME, *à quelqu'un qui pousse.*

Vous m'écrasez les pieds,
Messire!

DEUXIÈME BOURGEOIS, *se retournant.*

Eh! poussez moins, vous autres par derrière!

LA FEMME.

Monsieur l'archer, monsieur l'archer, votre rapière
Va me crever les yeux!

> *A ce moment, Charlemagne et son cortège sont tout
> à fait en scène : tout le monde met chapeau bas et fait
> silence.*

SCÈNE III.

LES MÊMES; CHARLEMAGNE, TURPIN;
BARONS ET DAMES DE LA COUR,
UN ÉCHANSON, PLUSIEURS ÉCUYERS, HOMMES D'ARMES.

ROLAND, *grimpé jusqu'au chapiteau d'une colonne.*

Vivat à l'Empereur !
Deux et trois fois vivat!

> *Il agite son bonnet.*

CHARLEMAGNE *le salue de la main.*

Ça réjouit le cœur,
La fraîche voix d'enfant que nous venons d'entendre.

UN ARCHER, *menaçant Roland de sa hallebarde.*

Ça, mon drôle, par terre! ou je te fais descendre
Avec ma hallebarde.

ROLAND, *sur la défensive.*

Essaye donc !

> *Il empoigne le fer de la hallebarde. L'archer tire; le
> fer se détache, et l'archer roule par terre avec la hampe.
> Il se relève furieux et court sur Roland.*

L'EMPEREUR, *qui a pris place sur l'estrade, avec sa cour.*

Archer,
Pas de mal à l'enfant ; laisse-le s'approcher.

Roland s'assied sur les degrés de l'estrade.

A Turpin et aux dames.

N'êtes-vous pas d'avis, comme le divin Maître,
Qu'il faut laisser l'enfant, l'aimable petit être,
S'accoutumer à nous ? Dans ce triste séjour,
Il est la paix, il est la joie, il est l'amour ;
Et ce qui me sourit le mieux, sur ma parole,
Après mes vieux soldats, c'est la petite école
Que gouverne Alcuin, le docte moine anglais ;
C'est mon coin de ciel bleu dans le sombre palais.

A Turpin.

Evêque, priez Dieu.

TURPIN, *étendant les mains.*

Que cette nourriture
Soit bénie et profite à chaque créature,
Seigneur ! Nous vous rendons grâces.

CHARLEMAGNE, *se signant.*

Ainsi soit-il.

*Il s'assied ; le service commence ; va-et-vient des servi-
teurs chargés de plats.*

LA FEMME DE LA CAMPAGNE.

Hum ! Elle sent très bon cette soupe de mil.

PREMIER BOURGEOIS.

Quatre plats seulement ? C'est peu pour une table
D'empereur et de roi.

DEUXIÈME BOURGEOIS.

Ma foi, c'est respectable.

PREMIER BOURGEOIS.

Vous êtes bien modeste.

DEUXIÈME BOURGEOIS.

Et vous bien exigeant.

LA FEMME, *montrant une hure qui passe sur un grand plat.*

C'est de la venaison ?

DEUXIÈME BOURGEOIS.

Oui. Les plats sont d'argent
Et les coupes sont d'or, de bon or fin d'Espagne,
Richement travaillé. Celle de Charlemagne
Est comme un saint calice, et pèse dans sa main;
C'est quelque vieux hanap d'un empereur romain.

PREMIER BOURGEOIS.

D'où vient-il ?

DEUXIÈME BOURGEOIS.

D'Orient. Haroun le Magnifique....

PREMIER BOURGEOIS.

Vous dites ?

DEUXIÈME BOURGEOIS.

Le sultan de l'empire Arabique,
Enfin leur empereur, à ces Orientaux,
En fit présent à Charle avec d'autres cadeaux.

LA FEMME DE LA CAMPAGNE.

Voyez donc ! l'échanson goûte le vin d'avance !

PREMIER BOURGEOIS.

Il n'en est pas meilleur.

DEUXIÈME BOURGEOIS.

Ni plus mauvais, je pense.

PREMIER BOURGEOIS.

Moi, ça me gênerait tous ces gens sur mon dos,
Et ça m'empêcherait de goûter les morceaux.

DEUXIÈME BOURGEOIS.

Bah ! l'on se fait à tout, et va comme on te pousse !

PREMIER BOURGEOIS.

Un bon morceau de lard qu'on mange sur le pouce,
Ni trop gras ni trop maigre, à moi, me revient mieux
Que ces mets raffinés de la table des dieux.

ROLAND, à part.

Il ne sera pas dit que notre mère aimée
De ce festin royal n'aura que la fumée...

*Il s'avance vers la table royale, sans que
l'archer ose l'arrêter.*

DEUXIÈME BOURGEOIS.

Qu'est-ce que celui-là ?

SCÈN. ET LÉG.   1**

PREMIER BOURGEOIS.

C'est quelque bohémien,
Gens des moins scrupuleux sur le tien et le mien.

ROLAND, *parcourant des yeux toute la table.*

Choisissons du meilleur. A juger sur la mine,
Ce gros poisson doit être une chose divine.

CHARLEMAGNE.

C'est le jeune garçon qui nous a salué ;
Oh ! le gentil visage ! Il a l'air éveillé
Comme un émérillon.

> *Roland prend un plat sans se hâter, l'emporte pour sa mère et se perd un moment dans la foule.*

PREMIER ÉCUYER TRANCHANT, *levant les bras au ciel.*

Chose énorme, inouïe !
Il a pris la moitié d'une carpe bouillie.
Ah ! gibier de potence !

DEUXIÈME ÉCUYER.

Au larron ! au larron !

VOIX DIVERSES.

Arrêtez le pillard.

CHARLEMAGNE , *qui rit de bon cœur.*

Non, laissez-le, baron.
C'est quelque moineau franc qui de son nid nous guette
Et de notre dîner vient happer une miette.
C'est justice après tout, sous le firmament bleu,
De jeter une miette à l'oiseau du bon Dieu.

ROLAND, *qui revient avec le plat vide.*

A boire maintenant pour madame ma mère.

L'ÉCHANSON.

Majesté, tant d'audace !

CHARLEMAGNE, *riant de plus belle.*

Eh ! bien, laissez-le faire.

ROLAND.

Sire, j'emprunterai la grande coupe d'or.

L'ÉCHANSON, *navré.*

Majesté, Majesté, la coupe du trésor !

CHARLEMAGNE.

Il m'amuse beaucoup, ce petit, sur mon âme !
A Roland.
Mon garçon, votre mère est une grande dame :
Quel est son échanson ?

ROLAND, *reposant la coupe.*

C'est la main que voici.

CHARLEMAGNE.

Son écuyer tranchant ?

ROLAND.

Sire, c'est celle-ci.
En plus, deux ménestrels l'accompagnent sans cesse.

CHARLEMAGNE.

Qui sont-ils ?

ROLAND.

Mes deux yeux.

CHARLEMAGNE.

Oh ! l'heureuse princesse !
Où donc est son château ?

ROLAND.

Dans la verte forêt.

CHARLEMAGNE.

A quelle heure ouvre-t-il ?

ROLAND.

Dès que le jour paraît.
Une grande avenue y conduit, et ses gardes,
— Lesquels n'ont, Dieu merci, piques ni hallebardes —
Sont merles, sansonnets, fauvettes et pinsons,
Qui tout le long du jour gazouillent leurs chansons.
Pour tapis d'Orient, somptueux et superbes,
On a toutes les fleurs, on a toutes les herbes ;
Et, quand la jeune année entre en sa floraison,
Les marguerites d'or y piquent leur blason.

CHARLEMAGNE, *aux dames de la suite.*

Trois dames de ma cour dans la forêt prochaine
Vont quérir de ma part la noble châtelaine.

*Trois dames se lèvent, descendent de l'estrade, et,
conduites par Roland, fendent la foule, que les archers
obligent à se ranger. Ce mouvement permet d'apercevoir
Bertha assise sur un banc de pierre, dans l'angle
d'une nef latérale, comme à la première scène.*

SCÈNE IV.

Les mêmes, plus BERTHA.

UNE DES DAMES, *reconnaissant Bertha.*

Est-ce une vision, ou si je fais erreur?
C'est Madame Bertha, la sœur de l'Empereur.

VOIX DIVERSES.

La sœur de l'Empereur !

LA DAME.

Oui, sa sœur elle-même,
Naguère fugitive avec celui qu'elle aime.
Baisant la main de Bertha.
Quelle grande pitié de vous voir aujourd'hui
Pauvre, méconnaissable, en deuil...

BERTHA.

Hélas ! de lui.

ROLAND.

La sœur de l'Empereur ! Voilà donc quelle chose
Ma mère me cachait ! Mais alors... Non, je n'ose
Y penser, c'est trop beau. Mais alors je serais...

1***

BERTHA, *achevant.*

Neveu de l'Empereur ! Tu sais tous mes secrets,
Mon Roland bien-aimé. — M'aimerez-vous encore,
Neveu de Charlemagne ?

ROLAND, *lui sautant au cou.*

Oh ! mère, je t'adore.

CHARLEMAGNE, *descendant les degrés de l'estrade.*

Fait-on mauvais visage à mon ambassadeur,
Ou veut-on m'éblouir à force de splendeur ?
Barons, il faut aller au-devant du cortège.

BERTHA, *apercevant l'Empereur qui vient à elle.*

Viens près de moi, mon fils, et que Dieu nous protège.

CHARLEMAGNE, *s'approchant.*

Madame !

BERTHA, *agenouillée et n'osant regarder le prince.*

Majesté !

ROLAND, *joyeux.*

Mon oncle !

CHARLEMAGNE.

Cet enfant,
Cette femme ?... on dirait le fantôme vivant
De Bertha, de ma sœur.

*Tout le monde s'éloigne vers le fond du théâtre,
saufla dame, Bertha, Roland et Charles.*

BERTHA.

Soyez clément, mon frère !

CHARLEMAGNE.

Sa vue a rallumé le feu de ma colère.
Où fut-elle, l'ingrate, avec qui, dans quels lieux,
Lorsque de notre mère on a fermé les yeux ?

LA DAME.

Sire, ayez pitié d'elle et voyez le ravage
Que les privations ont fait sur son visage.

ROLAND.

Oncle, vous avez beau froncer vos noirs sourcils ;
Vous êtes bon, très bon, et de certains récits
Prouvent...

BERTHA, *qui veut le faire taire.*

Roland !

CHARLEMAGNE.

Laissez. Sa candeur qui me tou-
[che...
La volonté de Dieu s'exprime par sa bouche.
Oui, je dois pardonner.

Il relève Bertha.

BERTHA.

Mon noble frère !

ROLAND, *transporté de joie.*

Ami,
Oncle, empereur et roi ! ne fais pas à demi

La paix avec maman. Lorsque l'on a fait grâce,
Il faut, pour achever...

CHARLEMAGNE.

Eh bien ?

ROLAND, *qui les rapproche doucement l'un de l'autre.*

Que l'on s'embrasse !

Charlemagne embrasse sa sœur, puis Roland.

CHARLEMAGNE.

Ce beau neveu fera de nous ce qu'il voudra.
Je l'aimerai beaucoup.

BERTHA.

Sire, il vous le rendra.

DEUXIÈME TABLEAU

L'ÉCOLE DU PALAIS

———

Trois ans se sont écoulés depuis la précédente action. Nous sommes encore dans la résidence de Charlemagne, à Aix-la-Chapelle. Le théâtre représente l'école du palais. Une chaire, des bancs disposés en face de la chaire, et sur deux rangées, que sépare une petite allée. Deux sièges d'apparat disposés comme pour des visiteurs de distinction.

Au lever du rideau, les écoliers se promènent en devisant dans l'espace vide de la classe. Ils forment plusieurs groupes, les uns d'enfants du peuple et de la bourgeoisie, reconnaissables à leurs vêtements modestes, à leurs mains calleuses; les autres d'enfants de la noblesse, bien peignés et parfumés, richement vêtus. Roland, devenu presque un homme, se distingue parmi ces derniers tant par sa taille que par l'énergie de ses traits.

Ils continuent une conversation commencée.

———

SCENE I.

ROLAND, ÉCOLIERS.

ROLAND.

Quoi ! vous ne savez pas l'aventure récente
De l'abbé de Saint-Gall ?

PREMIER ÉCOLIER.

Non.

ROLAND.

Elle est fort plaisante.

DEUXIÈME ÉCOLIER.

Conte-nous-la, Roland.

Des groupes se forment autour de Roland pour écouter
son récit.

ROLAND.

Charlemagne, un beau jour,
Tombe dans l'abbaye. Au milieu de la cour,
Sous le mol éventail d'une blanche aubépine,
Au murmure flatteur d'une source voisine,
Dormait le bon abbé, gros, gras, frais et vermeil.
Vous savez, l'Empereur, qui n'a pas son pareil
Pour l'action, se fâche. A grand'peine on réveille
Le dormeur qui rêvait au souper de la veille.
Grand émoi. L'Empereur lui dit : « Pour te punir,
Abbé, de ton sommeil, et n'y plus revenir,
Voici trois questions, trois sans plus; mais j'ordonne
Que la solution avant trois mois se donne,
Sinon plus d'évêché. — Premier de tes travaux :
Calculer au plus près ce qu'en argent je vaux.
Second : Dire quel temps me serait nécessaire
Pour faire sans manquer tout le tour de la terre.
Enfin, quand tu viendras répondre à l'Empereur,
Deviner sa pensée ou plutôt son erreur. »
Charlemagne s'éloigne après cette apostrophe,
Laissant l'abbé perplexe : il n'avait pas l'étoffe
D'un savant ni d'un sage, et vainement pâlit
Sur les auteurs latins qu'en bâillant il relit.
Il jeûne, s'exténue et maigrit, Dieu sait comme !
Plus de joyeux festins, plus de ris, plus de somme.

Certain berger, commis au soin de son troupeau,
L'aperçut un matin, et, tirant son chapeau :
« Monseigneur, quelle fièvre ou quel chagrin vous mine?
D'un défunt mis en terre on vous trouve la mine. »
L'abbé lui conte tout. — « Beau sujet d'embarras,
Belles difficultés pour se rendre moins gras !
Prêtez-moi votre crosse et mettez-moi la cape. »
L'abbé consent au troc, et, d'étape en étape,
Le pâtre travesti, riant de ce bon tour,
Gagne la résidence où Charles tient sa cour.
Le crépuscule à peine éclairait la contrée,
Quand il aborde enfin Sa Majesté sacrée.
« C'est l'abbé de Saint-Gall, mais il a bien maigri,
Remarque l'Empereur en retenant un cri.
Nous allons donc savoir ce que je vaux, mon maître.
— Sire, vingt-neuf deniers. — Vingt-neuf ? — C'est peu,
                                        [peut-être;
Pourtant Notre-Seigneur, ainsi qu'il est écrit,
Pour trente fut vendu : valez-vous Jésus-Christ ?
— Non, répond Charlemagne, et ta réplique est neuve.
Arrive maintenant à la seconde épreuve.
— Que Votre Majesté se lève avec le jour,
Et suive pas à pas le soleil dans son tour,
Elle terminera tout juste en vingt-quatre heures
Le circuit absolu des terrestres demeures.
— A merveille, l'abbé ! ton savoir est divin,
Et, pour peu que tu sois astrologue ou devin,
Apprends-nous quelle erreur occupe ma pensée.
— Eh bien, Sire (et sitôt la phrase commencée,
Il jette crosse et cape, attirail imposteur),
Vous me croyez abbé ? je ne suis que pasteur,
Simple petit berger, que pour tel on renomme.
— Pardieu, dit l'Empereur, voilà d'un habile homme !
Qu'il garde l'abbaye, et l'autre les moutons.

— Sauf votre grand respect, Sire, nous racontons
Entre nous, les pasteurs, le soir, à la veillée,
L'histoire d'une vache égarée ou volée,
Rapport au gardien dont on avait fait choix,
Non parmi les bergers, mais chez les gens de lois.
Majesté, laissez donc — l'œuvre sera complète —
Sa crosse à Monseigneur, à nous notre houlette. »
L'Empereur se rendit, — et l'abbé de Saint-Gall
Se peut flatter d'avoir un berger sans égal.

PREMIER ÉCOLIER.

Et Roland n'en a pas pour conter un bon conte.

TROISIÈME ÉCOLIER, *survenant quelque peu effaré.*

En place, mes amis, c'est l'Empereur qui monte.

PREMIER ÉCOLIER, *regagnant sa place.*

J'arrangerai la chose en vers latins.

DEUXIÈME ÉCOLIER, *même jeu.*

Et moi,
Pour me faire applaudir de l'Empereur et roi,
Je saurai l'embellir par une allégorie.

*Tous regagnent leurs places et se groupent, les nobles
à droite, les autres à gauche; Roland bien en vue parmi
les nobles.*

TROISIÈME ÉCOLIER, *aux écoutes.*

Silence, le cortège est dans la galerie.

*Ils sont debout, le bonnet à la main. Charlemagne
fait son entrée, suivi de l'archevêque Turpin, du moine
Alcuin, de maître Clément, son auxiliaire, et de deux
officiers du palais.*

SCÈNE II.

CHARLEMAGNE, TURPIN, ALCUIN, ROLAND, CLÉMENT;
ÉCOLIERS, OFFICIERS.

CHARLEMAGNE.

Enfants, je viens vous voir un ou deux jours par mois,
C'est peu. Moins rarement je venais autrefois;
Mais le soin de l'empire et le poids des années
Semblent en vérité raccourcir mes journées.
Or ça, docte Alcuin, vous à qui sont commis
Les travaux et les jeux de nos petits amis,
Êtes-vous content d'eux ?

ALCUIN.

Oui et non.

CHARLEMAGNE.

Ma logique
Vous trouve, ce matin, bien amphibologique :
On est ou l'on n'est pas.

ALCUIN.

Je veux dire, Seigneur,

Montrant le groupe de gauche.
Que ceux-ci seulement à nos soins font honneur.

CHARLEMAGNE.

Ainsi c'est le côté des tuniques flétries,
Des fronts poudreux, des mains calleuses et meurtries,

SCÈN. ET LÉG. 2

Qui travaille le mieux ! Les enfants de mes preux,
De mes braves soldats, de mes chefs valeureux,
Comptent se reposer sur les exploits des pères.
Ils se préparent donc des destins peu prospères.
Au fils de l'artisan, au rude travailleur
La plus riche abbaye et le fief le meilleur.
Marquisats, évêchés, domaines, bénéfices
Iront récompenser les plus dignes services.

Sévèrement, au groupe de droite.

Les autres vieilliront dans les moindres emplois.
Que ceci leur soit dit pour la dernière fois.

*Il s'assied. Alcuin remonte dans sa chaire, et tous les
écoliers s'asseyent, hormis Roland qui est interpellé
presque aussitôt par Charlemagne.*

Or, ce n'est pas à toi que ce blâme s'adresse,
Notre gentil neveu Car si dame Paresse
N'avait d'autre client que toi, maître Alcuin
Pourrait laisser dormir les verges dans leur coin.
Trois ans — déjà trois ans ! — d'un docte apprentissage,
C'est assez pour un preux, qui fut docile et sage.
Comme un jeune poulain qu'on ne peut plus tenir,
Tes instincts de soldat commencent à hennir,
Et l'on n'est pas en vain du sang de Charlemagne.
Tu feras près de moi la prochaine campagne.

*Vif mouvement de joie de Roland, sur qui tous ses
camarades jettent des regards d'envie.*

Il convient cependant d'éprouver ton savoir.
Donc, selon votre règle et selon son pouvoir,
Alcuin, posez-lui des questions ; j'écoute.

ALCUIN, *interrogeant.*

Que fait le voyageur prêt à se mettre en route ?

ROLAND.

Son oraison, messire : à tout seigneur honneur !

ALCUIN.

Et quelle est l'oraison agréable au Seigneur,
Qu'il accueille toujours et jamais ne repousse ?

ROLAND.

La simple patenôtre à murmurer si douce.

Récitant.

« Notre Père immortel qui régnez dans les cieux,
« Votre nom soit béni de tous les cœurs pieux.
« Que votre règne arrive. — Au ciel et sur la terre,
« Que votre volonté soit faite et nous éclaire.
« Donnez-nous aujourd'hui, demain, et chaque jour,
« Avec le pain du corps le pain de votre amour.
« Comme nous pardonnons les offenses des autres,
« Père indulgent et bon, pardonnez-nous les nôtres.
« De la tentation éloignez le péril,
« Et gardez-nous du mal, Seigneur. »

CHARLEMAGNE, *se signant.*

« Ainsi soit-il. »

ALCUIN.

De toutes les vertus laquelle est la meilleure ?

ROLAND.

Soulager qui pâtit et consoler qui pleure.

ALCUIN.

Qu'est-ce que la patrie?

ROLAND.

Une mère.

ALCUIN.

                              Et comment
La devons-nous aimer?

ROLAND.

Tout filialement.

ALCUIN.

Mais pour quelle raison?

ROLAND.

                    Parce que tous les hommes,
Nous-mêmes lui devons d'être ce que nous sommes;
Parce qu'elle est puissante, honorée en tout lieu,
Chère aux peuples lointains, chère aux rois, chère à
                                        [Dieu.

ALCUIN.

Et si l'adversité devenait son partage,
L'aimeriez-vous encor?

ROLAND.

                    Mille fois davantage.
Hélas! devant les yeux j'aurais incessamment

Le souvenir amer de son abaissement,
Et je ferais serment au fond de ma pensée
De lui rendre sa gloire et sa grandeur passée.

CHARLEMAGNE.

Oh ! le brave garçon !

A l'officier qui se tient debout derrière sa chaise.

Allez quérir ma sœur ;
Qu'elle goûte avec moi cette grande douceur
D'entendre son enfant, sans brouiller ni confondre,
Sur chaque question en prud'homme répondre.

L'officier s'incline et sort.

Dernière question que je lui veux poser,
Plus pour notre plaisir que pour l'embarrasser :
Qu'aimes-tu mieux, Roland, de Gaule, ou bien de
France ?

ROLAND.

Ah ! Sire, c'est tout un.

CHARLEMAGNE

Mais encore ?

ROLAND.

Je pense
Que Gaule est un pays superbe et généreux,
Et que France est un lieu très noble et très heureux.

CHARLEMAGNE.

Tu t'évades : choisis de Gaule ou bien de France.

ROLAND, *d'une voix ferme.*

Eh bien, France !

CHARLEMAGNE.

Pourquoi !

ROLAND.

Cela sonne espérance.

CHARLEMAGNE.

Bien dit, mais quel espoir ?

ROLAND.

D'élever nos destins
Sur les nobles débris des antiques Latins ;
D'illustrer notre nom, d'étendre notre empire
Jusqu'où vaillance, honneur et franchise respire ;
Aux œuvres de l'esprit, à celles de la main,
De remplacer un jour le grand peuple romain,
De promener nos pas de contrée en contrée,
Et d'être à notre tour la nation sacrée.

CHARLEMAGNE.

Tu nous marques, mon fils, un chimérique espoir,
Un impossible but.

ROLAND.

Non ; vouloir c'est pouvoir.

CHARLEMAGNE, *se levant, à Alcuin, montrant toute la classe.*

Maître, ont-ils pris en goût, en noble fantaisie
Ces deux arts excellents, musique et poésie ?

L'un me rend plus joyeux, l'autre me rend meilleur,
Et de la vie humaine ils sont toute la fleur.

ALCUIN.

Vous allez en juger par vos propres oreilles,
Sire.

CHARLEMAGNE.

Et j'applaudirai leurs gentilles merveilles.

Sur un signe d'Alcuin, les élèves se groupent pour chanter. Alcuin les dirige.

CHŒUR.

Charlemagne, Empereur du monde,
Soutient dans sa droite profonde
Un globe d'or sous une croix.

Le globe, signe de puissance,
Symbolise l'obéissance
Des grands, des peuples et des rois.

La croix, symbole de clémence,
C'est la miséricorde immense
Qui nous incline sous ses lois.

ROLAND, *chante.*

Il est dans cet empire
Par ton glaive dompté,
Roi que la terre admire,
Un royaume où respire
Los, franchise et gaîté.

C'est France, douce France,
Le pays bien-aimé !
La riante espérance
Bannisse la souffrance
De son sol embaumé !

O rives paternelles
Si vertes sous l'azur,
Vos femmes sont plus belles,
Vos guerriers plus fidèles,
Et votre ciel plus pur.

La tendre souvenance
Des lieux où je suis né,
Fit que, dès mon enfance,
A France, douce France,
Tout mon cœur s'est donné.

Où sa voix nous appelle,
Amis, il faut bondir,
Et qui tombe pour elle
D'une gloire immortelle
Fait son nom resplendir !

    Les deux dernières strophes sont reprises en chœur,
après quoi Alcuin et ses disciples se retirent, moins Ro-
land, qui reste avec Charlemagne.

SCÈNE III.

CHARLEMAGNE, TURPIN, ROLAND, BERTHA,
précédée d'un officier.

L'OFFICIER.

Majesté, votre sœur.

CHARLEMAGNE.

Bertha, ma sœur bien chère,
Embrasse ton Roland et sois heureuse mère.
Il nous comble de joie et nous remplit d'orgueil.

BERTHA.

Cher Roland, désormais je quitterai le deuil :
Mon ciel s'est éclairci. Qu'elle te soit prospère,
Cette fortune, hélas ! infidèle à ton père.
Dans tout le reste, enfant, tu peux lui ressembler.

ROLAND.

Sur lui, sur l'Empereur, je saurai me régler.

Charlemagne fait signe à un officier, lequel lui remet une épée accompagnée d'un baudrier.

CHARLEMAGNE.

Beau neveu, cette épée, à lame de Tolède,
Où l'ouvrier grava ces trois mots : *Dieu nous aide !*
Aurait bonne façon, suspendue à ces glands.

A Bertha.

Mère, attachez-la donc à l'entour de ses flancs.

Bertha la reçoit et l'attache à la ceinture de Roland qui a mis un genou en terre.

Elle a nom Durandal. Elle est la sœur jumelle
De ma chère Joyeuse, et vaillante comme elle.
Une solide épée à la lame d'acier,
Vois-tu, c'est le meilleur ami d'un chevalier.
Durandal, grâce à toi, va devenir célèbre,
Du Weser à la Loire et de la Loire à l'Ebre.

Se tournant vers Turpin.

Archevêque Turpin, qui souvent prédisez
L'avenir, dites-nous ce que vous y lisez.

> *Turpin pose la main sur la tête de Roland et semble*
> *lire attentivement sur son front et dans ses yeux. —*
> *Bertha suit ses gestes avec anxiété. — Musique sourde*
> *dans le lointain, accompagnant la prophétie de Turpin.*

TURPIN.

Roland, sois immortel, et, comme Charlemagne,
Remplis de tes exploits la France et l'Allemagne.
Dans les rangs ennemis répandant la terreur,
Remplace, pour frapper, le bras de l'Empereur.
Que la Pouille, l'Afrique, et Sicile et Bretagne
Soient conquises par toi... Mais redoute l'Espagne !

> *Ici la mélodie devient plus triste ; moment de silence ;*
> *Turpin reprend :*

Que de morts sont foulés sous les pas des chevaux !
Que de sang sur tes fleurs, vallon de Roncevaux !
Empereur, Empereur, entends-tu la patrie
Qui, par la voix du cor, te rappelle et te crie ?
Sur le versant des monts hâte-toi d'accourir !...
Trop tard... Les preux sont morts, et Roland va mourir.

> *La musique cesse. Bertha à genoux lève les bras vers*
> *le ciel, dans l'attitude de la supplication. Charlemagne*
> *reste pensif et soucieux. — Roland tire fièrement son*
> *épée et s'élance joyeusement vers la porte. La toile*
> *tombe.*

DOMREMY

XVᵉ SIÈCLE

PERSONNAGES

Le père de Jeanne d'Arc.

La mère de Jeanne d'Arc.

Un de leurs fils.

Un mendiant.

Menviette, *amie de Jeanne d'Arc.*

La scène se passe à Domrémy, un peu après la levée du siège d'Orléans, 1429.

Le mendiant apprend aux parents de Jeanne d'Arc les victoires que leu
fille a remportées.

DOMRÉMY

Une grande chambre dans la maison de Jeanne d'Arc; — vaste
cheminé à droite; — porte basse à côté de la cheminée; — au fond,
faisant face au spectateur, porte ouverte sur le dehors. — Vis-à-vis
de la cheminée, une fenêtre au large vitrail, par où l'on voit la
Meuse.

SCÈNE I.

Le PÈRE *de* JEANNE D'ARC, *enfoncé dans ses réflexions, est assis près
de la cheminée;* — SA FEMME *et* SON FILS *l'entourent.*

LA MÈRE.

Comme il est soucieux !

LE FRÈRE.

Père, à quoi pensez-vous?

LA MÈRE.

A quoi penses-tu, Jacque ?

LE PÈRE.

A quoi pensons-nous tous?

A celle qui s'enfuit de cette humble cabane,
A la fille maudite...

LA MÈRE, *l'interrompant.*

Ah ! ne maudis point Jeanne.
En bonne et simple fille elle a toujours vécu,
Et ne souillera pas le sang qu'elle a reçu.

LE PÈRE.

S'enfuir loin du pays, avec les gens de guerre,
Jeter comme un haillon sa robe de bergère,
Et déserter ce toit sans un signe d'adieu !

LA MÈRE.

Elle croit accomplir la volonté de Dieu.

LE PÈRE.

Non, maudit soit le jour et maudite l'année
Où pour notre malheur cette enfant nous est née.
Maudit...

LA MÈRE.

N'achève pas !... De son intention
Détourne, Dieu clément, la malédiction.

LE PÈRE.

Les malédictions des pères ont des ailes.

LA MÈRE.

Les ailes de l'amour sont plus rapides qu'elles ;
Elles devanceront ta colère, et feront,
Ma Jeanne bien-aimée, un abri pour ton front.

LE PÈRE.

Mais depuis le départ de la fille infidèle,
Pas un mot de message et pas un signe d'elle !

LE FRÈRE.

Père, c'est loin, la Loire, et ces bandits anglais
Ont mis entre elle et nous leurs bataillons épais.

LE PÈRE.

Que ne l'ai-je noyée en ce fleuve de Meuse !

LE FRÈRE.

Pitié pour notre sœur errante et malheureuse !

LE PÈRE.

Où donc sont les succès qu'elle s'était promis ?
Elle devait chasser ces hordes d'ennemis,
Couronner le Dauphin et délivrer la France.

LA MÈRE.

Ah ! ne condamne pas l'héroïque espérance
Qui couva dans le sein d'une intrépide enfant.
Qu'elle nous venge ou non de l'Anglais triomphant,
Il est beau de vouloir et d'oser ce qu'elle ose,
D'immoler sa jeunesse à la plus sainte cause.
Quand toute foi chancelle, il est beau de s'offrir
Comme soldat de Dieu.

LE FRÈRE.

        Pour vaincre ou pour mourir !

SCENE II.

LES MÊMES; *paraît sur le seuil de la porte* MENVIETTE,
amie de JEANNE D'ARC.

LE FRÈRE, *se retournant.*

C'est Menviette.

MENVIETTE.

Entrerai-je à cette heure ?

LA MÈRE.

A toute heure.
N'êtes-vous pas la sœur de celle que l'on pleure ?

MENVIETTE.

Vous pleurez ?

LA MÈRE.

Comme hier, et demain.

MENVIETTE.

Vous pleurez !
Et moi qui, ce matin, viens vous dire : Espérez !
J'étais au bois Chesnu : j'ai vu, sur la colline,
Sous le hêtre enchanté fleurir une aubépine.
Et justement, la veille, en passant dans ce lieu,
Je vis l'arbuste mort ; mais aujourd'hui, grand Dieu !
Le voici tout en fleurs, comme le doux visage
D'une jeune épousée. Est-ce pas un présage,
Le signe inespéré de quelque événement
Qui va nous combler d'heur et de contentement ?

Jeanne va revenir. Sa tâche terminée,
Elle reviendra là, près de la cheminée,
Et ses anciens amis verront comme autrefois
Le fuseau diligent tourner entre ses doigts.
Car c'est une fileuse à nulle autre pareille.

LA MÈRE.

Quelle folie, enfant !

MENVIETTE.

Dites, quelle merveille !
J'ai rêvé cette nuit ; or, vous savez que Dieu,
Pour éclairer nos cœurs, détache du ciel bleu
Ces divines clartés qu'on appelle des rêves.
J'ai vu Jeanne, du front dépassant tous les glaives,
Un oriflamme en main, marcher sans défaillir
Contre ces fiers Anglais qu'elle faisait pâlir.
Jamais elle n'était apparue aussi belle :
Ses yeux resplendissaient d'une gloire immortelle.
Les chevaliers, marchant avec leurs étendards,
Accouraient sur ses pas, recherchaient ses regards,
Et disputaient l'honneur de mourir à sa vue.

LE PÈRE ET LA MÈRE, *haletants.*

Et puis ?

MENVIETTE.

La vision céleste est disparue.

SCENE III.

LES MÊMES, UN MENDIANT.

LE PÈRE.

Qui vient?

LE FRÈRE.

Un mendiant.

LA MÈRE.

Jadis, c'était sa main
Qui de notre foyer leur montrait le chemin.

LE PÈRE, *avec brusquerie.*

Qu'on lui donne du pain et puis qu'on le renvoie !

LA MÈRE.

Ce n'est pas bien parlé, Jacques; car notre joie
Unique, maintenant, c'est de faire le bien.
De nos jours de bonheur s'il ne nous reste rien,
Jeanne nous a légué son bon exemple à suivre.
Dans chaque malheureux je crois la voir revivre.
Que de fois elle a fui sa couche pour laisser
Au pèlerin lassé le temps de reposer !
Que de fois, sans murmure ayant cédé sa chambre,
Elle s'étendit là dans les nuits de décembre !
Pauvre réduit désert, il revient aujourd'hui
De droit aux malheureux. Jacques, permettons-lui...

LE PÈRE.

Isabelle Romée, Isabelle Romée,
Compagne de mes jours, ma femme bien-aimée,
Votre cœur est un puits si large et si profond
Que nul infortuné n'en a connu le fond.
Vous avez des pitiés pour toutes les misères.

Au mendiant.

Frère, sois bienvenu.

LE MENDIANT.

Soyez bénis, mes frères.

LA MÈRE, *le conduisant vers l'âtre.*

Approche, malheureux.

LE PÈRE.

Approche. Il est écrit :
Quiconque héberge un pauvre, héberge Jésus-Christ.
Fils, un fagot dans l'âtre, et toi, la ménagère,
Régale ce pauvre homme et lui fais bonne chère :
Du vin de nos coteaux ! Après, il dormira
Dans cette triste chambre où nul ne pénétra.

LE MENDIANT.

Par qui donc cette chambre était-elle habitée ?

LA MÈRE.

Par une enfant chérie et qui nous fut ôtée.

LE MENDIANT.

Quoi, morte ?

LA MÈRE.

Non, partie.

LE MENDIANT.

Elle vous a quittés?

LA MÈRE.

Pour suivre du Seigneur les saintes volontés;
Pour combattre l'Anglais, affranchir la patrie,
La noble France enfin, qui, sanglante et meurtrie,
Sur les champs de bataille où tout l'abandonnait,
Vers la nuit du tombeau lentement se traînait.

LE MENDIANT, *se levant.*

Est-ce que vous parlez de Jeanne la Pucelle?
De celle que maudit l'Anglais vaincu? De celle
Qu'Orléans délivré proclame, et que son roi,
Pour le sacre, dans Reims, va conduire avec soi?

MENVIETTE, *à part.*

Mon rêve recommence, ou bien se réalise.

> *Le mendiant s'est approché de la fenêtre d'où il*
> *examine les environs.*

LE MENDIANT.

Oui, voici le verger à l'angle de l'église,
Et l'humble cimetière et, pour proche horizon,
Le fleuve qui s'enfuit non loin de la maison;
En face, la prairie, et là, sur la colline,
L'ombre des bois épais qui sur le toit s'incline.
C'est bien là Domrémy?

LE FRÈRE.

C'est le nom de ce lieu.

LE MENDIANT.

Nous devons adorer ici le doigt de Dieu.
Jeanne avait bien décrit le lieu de sa naissance.
Vous, pour signe d'amour et de reconnaissance,
Recevez cet anneau par ses lèvres usé,
Qu'à mon doigt l'héroïne elle-même a passé.

LE PÈRE.

L'anneau d'argent de Jeanne !

LA MÈRE.

Oh ! parlez, parlez vite !
Elle est vivante ?

LE MENDIANT.

Heureux le hameau qu'elle habite !
Heureuse la demeure où ses pas ont marché !
Heureux le sein fécond que sa lèvre a touché !
Heureuse la lignée, heureuse la famille
Qu'immortalisera la sainte jeune fille !

Il rejette ses haillons de mendiant, sous lesquels appa-
raissent les habits d'un chevalier, tire de son aumô-
nière une lettre scellée de trois sceaux pendants, et la
présente au père et à la mère de Jeanne.

Vous tous qui m'écoutez, le Dauphin, mon seigneur,
Vous convie à venir, par souverain honneur,
A trente jours d'ici, dans Reims, en cette enceinte
Où nos rois vont offrir leur front à l'huile sainte.

La Pucelle y sera dans sa gloire, et vous veut
Tous quatre à son côté : tel est son noble vœu.
J'ai reçu d'elle-même un ordre de remettre

<table>
<tr><td>au père</td><td>à la mère</td></tr>
</table>

A vous l'anneau d'argent, comme à vous cette lettre,
Où sa main a tracé le signe de la croix.

LE PÈRE, *baisant la bague.*

Je crois et je bénis.

LA MÈRE, *baisant la lettre.*

Je bénis et je crois.

Elle donne la lettre à Menviette qui la lit à haute voix.

MENVIETTE.

« Jésus et Maria ! Dieu garde le royaume.
L'Anglais est déconfit, le gentil roi vainqueur.
Que ne puis-je rentrer sous notre toit de chaume,
Chers parents, dont l'image est peinte dans mon cœur !

« Mais il faut que je mène à Reims le Dauphin Charle :
Mes voix ont ordonné, je ne puis les trahir.
A votre voix chérie et qui souvent me parle
J'ai hâte, ô chers parents, de pouvoir obéir.

« Reprendre auprès de vous mes vêtements de femme,
Aider comme jadis aux travaux du labour,
A l'angle du foyer poser mon oriflamme,
Et ne plus m'éloigner de notre humble séjour,

« C'est le vœu le plus cher de Jeanne la Pucelle.
Adieu, nous nous verrons dans l'antique cité

Où va le gentil roi que tout son peuple appelle,
Et je baise en pleurant votre front respecté. »

LE PÈRE, *un genou en terre.*

Femme, pour expier l'injustice commise,
J'humilie à tes pieds ma vieille tête grise.

LA MÈRE, *le relevant.*

Je te le disais bien, homme de peu de foi,
Que Jeanne, notre fille, était digne de toi !

LE FRÈRE.

O ma vaillante sœur !

MENVIETTE.

O ma chère compagne !

LE CHEVALIER.

Pour vous porter ce gage à travers la campagne
Qu'inonde encor l'Anglais et le dur Bourguignon,
J'ai caché bien longtemps ma personne et mon nom.
Sous les habits d'un gueux j'ai mendié ma vie ;
Mais Dieu me conduisait au terme que j'envie.
Domrémy, Domrémy, nom saint et respecté,
Entre en possession de l'immortalité.
Sois l'emblème fameux de notre délivrance.
Si les siècles futurs réservaient à la France
De nouveaux jours d'épreuve et de nouveaux dangers,
Si le flot renaissant des soldats étrangers,
Torrent inattendu qui tombe des montagnes,
Se déchaînait encore à travers nos campagnes,

France, tourne les yeux vers ce hameau sacré,
Baise l'antique seuil sur qui Jeanne a pleuré,
Et puise en ce contact des forces assez grandes
Pour les exterminer, toutes ces vieilles bandes.
Montjoie et Saint-Denis ! A ce cri fier et beau,
Les morts tressailliront au fond de leur tombeau,
Et tes jeunes soldats tout enivrés de gloire,
Courant au pas de charge apprendre la victoire,
Leur feront repasser les forêts et les monts,
A ces usurpateurs du sol que nous aimons.

LA VOCATION DE BAYARD

XVe SIÈCLE

PERSONNAGES

Pierre BAYARD, agé de 15 ans.

Le père de Bayard.

La mère de Bayard.

L'Evêque de Grenoble, oncle de Bayard.

Georges, frère de Bayard.

Deux autres frères de Bayard.

Serviteurs, personnages muets.

La scène se passe au château du Terrail, près Grenoble.

LA VOCATION DE BAYARD

PREMIER TABLEAU

Le théâtre représente une galerie du château du Terrail : d'un côté des armures et des portraits de chevaliers, de l'autre côté un grand portrait d'évêque en costume épiscopal.

Au lever du rideau, Bayard travaille sur une petite table, rapprochée de la muraille où sont suspendues les armures.

SCÈNE I.

BAYARD, *seul.*

Ce thème est impossible et me casse la tête ;
Je ne trouve plus rien. J'ai peur d'être une bête,
Et bête je serai jusqu'à la fin des jours.
Si je cherche une idée, elle me fuit toujours.
Les mots devant mes yeux dansent des sarabandes,
Comme ces moucherons qui dans l'air vont par bandes.
Ma cervelle est un crible et laisse s'évader
Tout ce que vainement je tâche d'y garder.
C'est triste ! Monseigneur l'Evêque de Grenoble,
Mon très vénérable oncle et mon parrain très noble,

De qui l'ambition est que je sois abbé,
Aurait mieux réussi si son choix fût tombé
Sur George, mon frère George.—Un prodige, ce George !
Il goûte ce latin qui me reste à la gorge,
Et dévore des yeux tous ces textes anciens
Qui ne sont que du turc, de l'hébreu pour les miens.
On veut faire de George un chevalier : misère !
La lance lui convient comme à moi le rosaire.
Le galop d'un cheval lui cause une frayeur !
Et pour un fils de preux il n'est point batailleur.

Il se lève.

Si j'étais à sa place, oh ! quelles chevauchées
Je ferais chaque jour sur les herbes fauchées !
Quel plaisir de franchir en pleine liberté,
La chevelure aux vents, l'espace illimité ;
Ou de caracoler autour de la carrière,
Aux applaudissements de l'assemblée entière,
De voir la noble dame agiter ses couleurs,
Et ma mère sourire avec des yeux en pleurs !
Mais rester tout le jour penché sur un grimoire,
Accumuler des mots latins dans sa mémoire,
Au peuple agenouillé dans les processions
Distribuer le flot des bénédictions,
Mal chanter au lutrin', n'ayant pas la voix juste,
Et plier sous le poids d'une chasuble auguste,
Non, non, mille fois non !

Se rapprochant des armures et des portraits de che-
valiers qu'il désigne du geste.

Toute ma vie est là !

Il détache successivement un casque, puis une épée.

Ma mitre, la voici ; ma crosse, la voilà !
Je suis de votre sang et de votre famille,
N'est-ce pas, vieux guerriers ? et la gloire qui brille

Autour de vos grands noms peut resplendir en nous.
Soyons aussi vaillants, mais plus heureux que vous.
L'un, mourant à Crécy, retarde la défaite ;
L'autre tombe à Poitiers, dans la grande tempête
Où fut déraciné plus d'un chêne orgueilleux.
Oh ! passez dans mon âme, âmes de nos aïeux,
Et rallumez en moi ces ardeurs immortelles
Qui les faisaient courir à des tâches si belles.

On entend un bruit et des clameurs au dehors. —
Bayard se porte vivement vers une fenêtre.

J'entends une rumeur, et c'est comme les pas
D'un cheval qui s'emporte ? oh ! ne languissons pas !

Il saute par la fenêtre.

SCÈNE II.

BAYARD, GEORGES, *son frère.*

GEORGES, *un peu pâle et s'appuyant sur son frère.*

Merci, frère ; sans toi j'étais un homme à terre.
Peste soit du cheval, il est d'un caractère
Diablement ombrageux !

BAYARD.

Pourtant il a l'honneur
De servir de monture à notre bon Seigneur
L'Évêque de Grenoble.

GEORGES.

Oui, mais Sa Seigneurie
Le laisse prudemment dormir à l'écurie,
Et préfère le train de sa mule au pied lent.

BAYARD, *d'un ton cajoleur.*

Laisse-moi l'essayer, frère ; j'ai le talent, —
Puisqu'on m'a condamné, comme une demoiselle,
A ne plus galoper, — de galoper sans selle.
J'ai pour monture à moi bidets de paysan,
Ou chevaux de roulier : c'est dur et c'est pesant ;
Ça vous casse les reins, ça vous envoie au diable ;
Mais comme apprentissage, oh ! c'est incomparable.
Toi, pendant ce temps-là, mon frère l'érudit,
Tu finiras mon thème. Est-ce dit ?

GEORGES.

                              Oui, c'est dit.
Mais, malheureux garçon, tu ne prends pas la route
Qui mène à l'évêché.

BAYARD.

                    Non, parbleu, je m'en doute.
Mais entre nous, Monsieur le futur chevalier,
Es-tu si fort épris de ton propre métier ?

GEORGES, *gaiement.*

Allons, va chevaucher et laisse-moi ce thème.

> *Bayard lui remet son thème et sort. Georges se tient*
> *debout devant un pupitre haut, placé au pied du grand*
> *portrait d'évêque.*

SCENE III.

GEORGES, *seul.*

Ce Pierre fait de moi tout ce qu'il veut ; je l'aime,
C'est un cœur d'or. Je crains qu'on ne se trompe un peu
A le vouloir plier au service de Dieu :
Le service du roi ferait mieux son affaire.
Mais voyons ce devoir qu'il m'a chargé de faire.

il lit le texte du thème.

« Socrate ayant pris femme eut à s'en repentir. »
Comment tourner cela ? *« Socrates, magnus vir..... »*
Non, non ; traduction ce n'est point paraphrase,
Et trouvons au plus vite un autre tour de phrase.
Socrates... Socrates... eh ! ce n'est pas aisé,
Et puis ce texte en somme est un malavisé.
Pourquoi vilipender la femme de Socrate ?
Toujours les précepteurs donnent des coups de patte
Aux dames. Moi, d'abord, je le déclare net,
Ça me semble incongru. Reprenons : *Pœnitet,*
Parfait *pœnituit. — Socratem. —* C'est ça même.

*Il écrit, puis, levant les yeux, il aperçoit le portrait
d'évêque.*

Tiens, voilà ce portrait, ce vieux portrait que j'aime.
Il semble me connaître et me sourire encor.
Mon aïeul a grand air dans cette chape d'or.
Et la crosse fait bien sous la main qui s'y pose.

Rêveur.

Une procession ! quelle superbe chose !
Tout le peuple à genoux ; des cierges, de l'encens ;
Sous les vastes arceaux les orgues frémissants ;

Les clercs en long cortège et, sur les vieilles dalles,
Le pas religieux des moines en sandales :
On passe et l'on bénit.

Il parcourt la scène et fait le geste de bénir deux ou trois fois.

J'ai d'étranges pensers
Pour un futur soldat. Sans cesse repoussés,
Ils reviennent toujours. — Une crosse, une épée ?
Lequel choisir enfin ? Nature s'est trompée,
En nous faisant tous deux, moi pacifique et doux,
Et lui si belliqueux. Ce que c'est que de nous !
L'un rêve uniquement de porter la cuirasse,
On le décrète abbé ; l'autre aurait bonne grâce
Sous l'aube et la chasuble, on le veut chevalier.
A mon oncle l'évêque il faut nous confier.
Il est le conseiller en titre de mon père,
Et saura, s'il le veut, arranger notre affaire.

Il sort.

DEUXIÈME TABLEAU

———

Une chambre au rez-de-chaussée, donnant sur la grande cour du château. Porte du fond largement ouverte sur un perron de quelques marches. Au lever du rideau, le père de Bayard et l'Évêque de Grenoble, son beau-frère, continuent une conversation commencée.

———

SCÈNE I.

LE PÈRE DE BAYARD, L'ÉVÊQUE.

LE PÈRE.

C'est donc bien votre avis d'oncle et de confesseur,
De se montrer bon prince et d'agir en douceur ?

L'ÉVÊQUE.

Parfaitement.

LE PÈRE.

De rendre un peu la main à Pierre,
Et de lâcher la bride à cette humeur guerrière
Que l'enfant hérita de nos braves aïeux ?

L'ÉVÊQUE.

Il suffit de le voir et de lire en ses yeux
Pour n'en pouvoir douter.

LE PÈRE.

Quant au timide George,
On ne lui mettrait pas le poignard sur la gorge
Pour embrasser l'état qui cause son ennui ?

L'ÉVÊQUE.

Non, j'en fais mon affaire et prendrai soin de lui.
C'est une bonne tête, au travail adonnée :
Il aura l'abbaye à l'autre destinée.
C'est entendu. Mais Jean, que faites-vous de Jean ?

LE PÈRE.

Lui-même a fait sa part. Ni prêtre, ni sergent.
Il ne veut pas quitter l'enclos de la charmille,
Ni les murs enfumés du manoir de famille.
Grand chasseur devant nous et devant l'Éternel,
Il s'est fait le gardien du foyer paternel.

L'ÉVÊQUE.

Et c'est la bonne part. N'eût-on qu'un toit de chaume,
Il est doux de régner sur son petit royaume.
Mon beau-frère, vos fils sont de braves garçons,
Qui vous feront honneur de toutes les façons.

LE PÈRE.

Pierre, je l'avouerai, passe mon espérance :
Quelque chose me dit qu'il sera pour la France

Une source de gloire ainsi que de grandeur.
On sent de l'héroïsme au fond de sa candeur.
Tout ce qui nous émeut, tout ce qui nous enflamme,
A le don d'émouvoir et d'enflammer son âme;
Parfois il a des mots qui donnent à penser;
Et si l'occasion de les réaliser....

L'ÉVÊQUE.

Avec votre congé, voulez-vous qu'on l'envoie
Comme page à la cour de Monsieur de Savoie ?
J'ai crédit sur le duc. Tout juste en ce moment
Il est à Chambéry; nous irions promptement.

LE PÈRE.

Le projet me sourit.

L'ÉVÊQUE.

Et quant à l'équipage,
Je me charge de tout pour notre gentil page.
C'est mon droit de parrain.

LE PÈRE, *lui serrant la main.*

Le père le meilleur
Ne saurait l'exercer mieux que vous, Monseigneur.

L'ÉVÊQUE.

Sa monture d'abord. J'ai, dans votre écurie,
Une belle jument.

LE PÈRE.

Mon frère, je parle,

Tel que je le connais ardent à chevaucher,
Que votre beau neveu l'aura su dénicher.

Il va du côté de la porte donnant sur le perron.

L'ÉVÊQUE.

La bête est un peu vivè, et quand elle s'emporte...

LE PÈRE.

Monseigneur, venez donc sur le pas de la porte.
Voyez-vous point là-bas monsieur votre cheval
Portant monsieur mon fils ?

L'ÉVÊQUE, *regardant par la porte.*

En propre original.

A part.

Un abbé préférer le cheval à la mule !
C'est de quoi nous ôter notre dernier scrupule.

LE PÈRE, *regardant toujours.*

Il s'enlève, il franchit la brèche du vieux mur;
C'est le plus court chemin.

L'ÉVÊQUE, *même jeu.*

Ce n'est pas le plus sûr.
Un autre eût, prudemment, fait ouvrir la barrière.

LE PÈRE.

Il fait de la voltige et se donne carrière.

L'ÉVÊQUE, *effrayé.*

Ah ! le cheval se cabre ! il se fera tuer !

LE PÈRE.

Non, Pierre l'a maté, c'est un fier cavalier.
Il vient d'exécuter une belle prouesse.
Je crois revivre au temps de ma verte jeunesse,
Lorsque j'allais chercher la gloire à Montlhéry.

L'ÉVÊQUE, *en riant.*

Et certain coup de feu dont on est mal guéri.

SCÈNE II.

LES MÊMES, TOUJOURS PRÈS DE LA PORTE. BAYARD PARAÎT A CHEVAL
PAR L'EMBRASURE DE LA PORTE.

BAYARD, *flattant son cheval.*

Là, là, tout doux, ma belle ! encore une courbette
our ces nobles seigneurs.

> *Il met pied à terre et jette les rênes à un valet qui
> s'est approché.*

Prenez soin de la bête,
Doublez sa ration d'avoine pour ce soir,
Et ne la conduisez d'une heure à l'abreuvoir.

LE PÈRE.

Bien dit. Le cavalier qui soigne sa monture
Assure son voyage et fera feu qui dure.

> *Ils descendent tous trois sur le devant de la scène.*

BAYARD, *leur baisant la main avec courtoisie.*

Mon père et monseigneur, je vous baise la main,

Autant que le permet la poudre du chemin
Qui m'a tout abîmé. C'est une félonie.

Il secoue son pourpoint.

L'ÉVÊQUE.

Pierre, mon beau filleul, ce cheval qu'on manie
Avec tant de vigueur, ce beau cheval de sang,
Qu'est-ce que l'on dirait si j'en faisais présent
A certain cavalier qui s'y tient à merveille ?

BAYARD.

Je dirais que je rêve et craindrais qu'on m'éveille.

LE PÈRE.

Et si, pour achever ce rêve de bonheur,
On vous faisait, mon fils, conduire avec honneur,
Comme page, à la cour de Monsieur de Savoie ?

BAYARD, *transporté.*

Je dirais... je dirais que j'en mourrais de joie.

Il se jette au cou de son père, puis aux genoux de l'Evêque qui le relève.

BAYARD, *vivement.*

Partirons-nous bientôt ?

SCÈNE III.

LES MÊMES. LA MÈRE DE BAYARD. *Elle est entrée sur les derniers mots. Ses deux autres fils et quelques serviteurs se tiennent groupés à quelques pas d'elle.*

LA MÈRE, *du seuil de la porte.*

Partir ? c'est mon enfant
Qui parle de partir ? sur ce ton triomphant,
Et sans autre souci de ma douleur amère ?
Ah ! que c'est bientôt fait de quitter une mère !
La gloire, qui du doigt vous fait signe là-bas,
Vous ouvre un avenir de merveilleux combats ;
Vous rêvez coups d'épée, exploits, belles conquêtes,
Couronnes de lauriers qu'on pose sur vos têtes,
Et courez conquérir, ainsi que des démons,
Ce monde qui nous prend tous ceux que nous aimons !
Mais nous, hôtes en deuil de la maison déserte,
Qu'est-ce qui nous console, ingrats, de votre perte ?

Avec résignation.

Enfin, c'est notre sort, et le vôtre est d'aller
Où votre jeune honneur vous presse de voler.
Je ne m'attendais pas qu'elle serait si prompte
L'heure des longs adieux, et je faisais mon compte
De te garder encor sous notre toit béni.
L'aile du jeune oiseau le pousse hors du nid,
Et l'âme des garçons vole au-devant des armes.
Va, ne te souviens plus de mes lâches alarmes ;

Mais retiens mes avis, et, comme une liqueur
Emplit un flacon d'or, emplis-en tout ton cœur.

> *Elle s'avance de plusieurs pas : les serviteurs restent*
> *au fond.*

Aime Dieu, sers-le bien, c'est la grande prière
Que je t'adresse, enfant, et la toute première.
Qui garde en son esprit son saint nom respecté
Jouira sûrement de l'immortalité.
Ose donc l'invoquer : la prière bénie
Fait descendre sur nous une force infinie,
Et pour te conserver brave et bon chevalier,
Elle ne vaut pas moins qu'une armure d'acier.

Sois affable et courtois avec les gentilshommes,
Ainsi que débonnaire envers les autres hommes ;
Si tu dois commander un jour à des soldats,
Traite-les doucement, ne les rudoye pas,
Car leur tâche est pénible, et cette grande gloire
Dont s'enivre le chef après une victoire,
Est faite de leur sang. C'est d'un obscur ciment
Qu'est construit le superbe et noble monument
Où se gravent en or les hauts faits d'une armée.

Reste pur en tes mœurs, pur en ta renommée.
Les dames ont le droit de compter sur ta foi,
Sers-les fidèlement en souvenir de moi.
Qui méprise sa dame ou bien qui l'a trompée
N'est pas digne, mon fils, de tenir une épée.
La vieille loyauté, qui fait le grand renom
De ce peuple français dont tu portes le nom,
Est sœur de la clémence et de la courtoisie.

Ignore toute haine et toute jalousie ;
Fais honneur au plus digne, et tâche d'octroyer
A chacun son salaire et son juste loyer.

Il est d'une âme basse, en secret asservie,
De céder, complaisante, aux conseils de l'envie.

Sois large et généreux en toute occasion,
Et préfère la gloire au gain d'une action.
Tel sortit du combat intact et sans blessures
Qui me semble un cadavre, avec ses mains impures.
Il a souillé son âme, il a trahi sa foi,
Et vendrait pour de l'or sa patrie et son roi.

Aime le pauvre monde et vide l'escarcelle
Aux mains du mendiant qui geint et qui chancelle.
Qui donne aux malheureux ne donne pas en vain,
Car sa dette est inscrite au registre divin.
Enfin, mon cher enfant, fais que chacun t'honore.
Ah ! reviens dans mes bras, que je te serre encore.

*Longue et muette étreinte, pendant laquelle le père et
l'Evêque se rapprochent.*

LE PÈRE.

O ma chère compagne !

L'ÉVÊQUE.

O digne et noble sœur !

LE PÈRE.

Que d'âme en ses discours !

L'ÉVÊQUE.

Avec quelle douceur
Sa bouche a prononcé la touchante homélie !

BAYARD, *grave et attendri.*

Que votre volonté, mère, soit accomplie.
Je me confie à vous, en vous j'aime et je crois.
Mes parents bien-aimés, bénissez-moi tous trois.

> *Il met un genou en terre ; tous trois le bénissent. Se
> relevant et s'adressant à ses frères.*

Adieu, frères chéris. En quittant ma demeure,
Mon cœur bondit de joie, et cependant je pleure.
Je veux et ne veux pas. Quel fil mystérieux
S'enlace sous mes pieds et m'enchaîne à ces lieux ?
J'entends, j'entends la voix de mes jeunes années
Et le bruit de mes pas sur les feuilles fanées.
Les murs du vieux manoir, le verger, les grands bois,
Tous ces lieux bien-aimés me parlent à la fois.
Adieu, riants coteaux, où j'allais voir l'aurore !

> *On entend sonner les cloches de l'église du village.*

Adieu, cloches d'argent qui me parlez encore !
Vieux amis de quinze ans que je reviendrai voir :
Soit près, soit loin de vous, je ferai mon devoir.

> *Il sort par le fond.*

SCENE IV.

LES MÊMES, MOINS BAYARD.

La mère tombe assise en pleurant. Le père, l'Evêque, ses deux fils l'entourent.

L'ÉVÊQUE, *prenant la main de sa sœur.*

Dieu mesure le vent à la brebis tondue.
Une joie est ravie, une joie est rendue :
Georges, le cher enfant, ne quitte plus ces lieux.

LA MÈRE, *accablée.*

Ah ! c'est celui qui part que l'on aime le mieux !

LE PETIT GUIFFREY DE BOUTIÈRE

XVIe SIÈCLE

PERSONNAGES

BAYARD, DEVENU CAPITAINE D'UNE COMPAGNIE AU SERVICE DU ROI DE FRANCE EN ITALIE.

GUIFFREY DE BOUTIÈRE, SEIZE ANS, NOUVELLEMENT REÇU PAR BAYARD DANS SA COMPAGNIE D'ARCHERS.

SAINT-LAURENT,
ALBIGNY,
DARNIS,
DE PRESLE,
} ARCHERS.

UN PRISONNIER.

AUTRES PRISONNIERS.

UN OFFICIER DE L'ESCORTE DE BAYARD.

OFFICIERS ET SOLDATS.

Le jeune Guiffrey de Boutière amène devant Bayard un prisonnier
qu'il a fait.

LE PETIT GUIFFREY
DE BOUTIERE

***

PREMIER TABLEAU

***

La scène se passe dans le camp de Bayard, en Italie.

Le théâtre représente l'intérieur d'une grande tente, largement ouverte sur le dehors par un de ses côtés. Attirail militaire.

***

SCÈNE I.

ALBIGNY, SAINT-LAURENT, DARNIS, DE PRESLE, GUIFFREY DE BOUTIÈRE, ARCHERS DE LA COMPAGNIE DE BAYARD, AUTRES ARCHERS.

Ils sont autour d'une table chargée de flacons vides ; le repas tire à sa fin. Il règne entre les convives un certain laisser-aller.

DARNIS.

Encor cette rasade afin de boire aux dames.

TOUS, *levant leurs verres.*

Aux dames !

DE PRESLE, *à part.*

Bon ! voici les toasts ; les belles âmes
N'ont qu'à se bien tenir, car cela va marcher.

ALBIGNY.

Messieurs, et la santé de notre jeune archer ?
Au nouveau camarade, à Guiffrey de Boutière !
Je vide en son honneur une bouteille entière
De ce vieux Saint-André ; c'est un concitoyen,
Nullement baptisé quoique très bon chrétien.
Vive le Dauphiné ! Vive notre vieux Rhône,
Père de ce nectar. La topaze est moins jaune,
Le diamant moins pur, et l'opale...

DE PRESLE.

Orateur,
Daignez de votre style éteindre la splendeur,
Il éblouit les yeux.

SAINT-LAURENT, *un peu allumé.*

Au petit de Boutière,
Que sa maman sevra la semaine dernière
Pour l'envoyer chez nous rose et frais émoulu :
Seize ans et franc archer, puisqu'ainsi l'a voulu
Monsieur le Chevalier sans peur et sans reproche.

ALBIGNY.

A Boutière !

DARNIS.

A Guiffrey !

SAINT-LAURENT.

> Deux noms de même roche,
Et les deux font la paire.

Guiffrey de Boutière se lève pour répondre.

DE PRESLE.

> Ecoutez le garçon !

DARNIS.

L'enfant a la parole !

SAINT-LAURENT.

> Oyez le nourrisson !

GUIFFREY DE BOUTIÈRE, *petite taille, figure d'enfant.*

Messieurs, puisqu'aussi bien c'est pour fêter mon grade,
J'entends la raillerie et suis bon camarade.

A l'adresse de Saint-Laurent.

Mais qui voudrait demain me traiter de blanc-bec...
Suffit, je sais comment obtenir son respect.

SAINT-LAURENT, *regardant Boutière.*

J'ai connu dans Grenoble un barbier dont la phrase
Etait : « Payez céans, — demain gratis on rase. »
C'est le contraire ici.

BOUTIÈRE, *ripostant à Saint-Laurent.*

> J'ai connu dans Lyon
Un Monsieur revêtu d'une peau de lion :
Personne n'avait peur de ce croque-mitaine.

ALBIGNY , *intervenant.*

Allons, la paix ! — Messieurs, à notre Capitaine,
Au preux irréprochable, à Monseigneur Bayard.

DARNIS.

Le père du soldat.

DE PRESLE.

L'ennemi du pillard.

ALBIGNY.

A la chevalerie ! à sa gloire éclatante !
On entend une fanfare dans le lointain.

DE PRESLE.

Chut ! que sonne-t-on là ?

ALBIGNY.

C'est la garde montante.
Ils se lèvent tous et se rajustent.

DE PRESLE.

Diable, j'en suis.

DARNIS.

J'en suis de même.

ALBIGNY.

Moi, Messieurs,
J'ai certain rendez-vous assez loin de ces lieux.
Au revoir !

DARNIS ET DE PRESLE.

Au revoir !

ALBIGNY, *sortant avec de Presle et Darnis.*

Sans rancune, Boutière.

BOUTIÈRE.

Albigny, sans rancune.

DARNIS, *sur le seuil de la tente.*

Il est d'humeur guerrière,
L'enfant du Dauphiné.

ALBIGNY.

Mon cher, il a raison,
Et le gros Saint-Laurent méritait la leçon.

Ils sortent tous, moins Boutière et Saint-Laurent.

SCÈNE II.

SAINT-LAURENT, GUIFFREY DE BOUTIÈRE.

SAINT-LAURENT, *à part.*

Je crois qu'ils m'ont blâmé pour quelques mots pour rire
Dits à ce marmouset.

BOUTIÈRE, *à part.*

Ce Saint-Laurent m'inspire
Fort peu de sympathie, et je crois que tantôt
Je le corrigerai, s'il retombe en défaut.

SAINT-LAURENT, *passant devant Boutière.*

Bonsoir, Monsieur Guiffrey.

BOUTIÈRE.

Joignez-y de Boutière,
Si vous le voulez bien.

SAINT-LAURENT.

Il ne m'importe guère.

BOUTIÈRE.

Il m'importe beaucoup, et j'entends, en tous lieux,
N'économiser pas les noms de mes aïeux.

SAINT-LAURENT.

Ma foi, Monsieur Guiffrey, vous comptez sans votre hôte.

BOUTIÈRE.

Ma foi, Monsieur Laurent, votre insolence est haute :
Je compte sur moi seul.

SAINT-LAURENT, *exaspéré.*

Monsieur, vous le prenez
Sur un ton qui m'oblige à vous couper le nez.

BOUTIÈRE.

Monsieur le matamore, à certaines oreilles
On ne dit pas deux fois des sottises pareilles.
En garde !
        Ils dégainent et s'alignent.

A vous !

SAINT-LAURENT.

Paré. Cette botte est pour vous.

BOUTIÈRE.

Trop courte du jarret. On attend vos grands coups.

SAINT-LAURENT, *qui se fend.*

Touché, Monsieur.

BOUTIÈRE.

Nenni, Monsieur. Le vin vous
[trouble.

SAINT-LAURENT.

Alors c'est à ce coup.

BOUTIÈRE.

Pas plus; vous voyez double,
Monsieur de Saint-Laurent, — et, sans être devin,
Je prédis qu'on mettra de l'eau dans votre vin.

Il fait, d'un coup lié, voler son épée à dix pas.

Monsieur, confessez-vous votre deconfiture ?

SCÈNE III.

LES MÊMES; BAYARD, *suivi de quelques officiers.*

Holà ! j'arrive à temps pour clore une aventure.
C'est ici le combat du nain et du géant :
David et Goliath, Boutière et Saint-Laurent.
Ça, mes braves archers, n'avez-vous pas de honte
D'aller vous balafrer pour quelque mauvais conte,

Quelque propos en l'air ? Touchez-vous dans la main,
Et gardez les arrêts tous deux jusqu'à demain.
Car je ne saurais voir avec indifférence
Pour d'absurdes motifs couler le sang de France.
J'en suis comptable au roi. Chaque goutte de moins
Profite aux ennemis. Se battre sans témoins,
C'est violer les lois de la chevalerie.
Attendez la bataille, et la grande furie
Qui vous précipitait sur le fer d'un ami,
Vous pourrez la passer, Messieurs, sur l'ennemi.

Il sort.

SCÈNE IV.

Un officier de la suite de BAYARD *s'avance vers les deux archers,
prend leur épée et leur fait signe de se donner la main.*

L'OFFICIER.

L'ordre du chevalier, Messieurs, qu'on s'en souvienne !

BOUTIÈRE, *avec entrain fait quelques pas vers Saint-Laurent.*

Voici ma main, Monsieur.

SAINT-LAURENT, *raide et bourru.*

Monsieur, voici la mienne.
Il tend le bout des doigts et tourne le dos.

L'OFFICIER, *à part.*

Boutière y va franc-jeu, Saint-Laurent le bat froid ;
Le plus petit des deux n'est pas celui qu'on croit.

Il sort.

DEUXIÈME TABLEAU

Vingt-quatre heures se sont écoulées entre ce tableau et le précédent. Le théâtre représente la tente de Bayard, ouverte sur le dehors. — Sentinelles à la porte.

SCÈNE I.

DARNIS, DE PRESLE· *ils reviennent de la bataille.*

DARNIS.

Voilà ce qui s'appelle une jolie affaire,
Vivement enlevée, où chacun a pu faire
Ses preuves de courage.

DE PRESLE.

     Oui, deux brins de laurier
Que l'on cueille en passant font aimer le métier.

DARNIS.

Il y faut du coup d'œil, du nerf et de l'adresse.
Sais-tu qu'il faisait chaud vers midi, dans la presse?

DE PRESLE.

C'est le moment choisi du pauvre Saint-Laurent
Pour rendre à Dieu son âme. Il m'a dit en mourant
De donner cette bourse au petit de Boutière.
Il était déjà froid lorsque vint la civière.

DARNIS.

Je ne le croyais pas si bien avec l'enfant.

DE PRESLE.

Tendresse ou repentir, je l'ignore. Souvent
Au morne lit des morts s'allume une lumière,
Et le dernier regard sonde la vie entière.

DARNIS.

Mais qu'est-il advenu du petit Dauphinois?

DE PRESLE.

Ma foi, je n'en sais rien.

DARNIS.

                    Est-ce que le sournois
Aurait tourné casaque, et sur la grand' route,
Au sang de ses aïeux fait une banqueroute .

SCÈNE II.

LES MÊMES, BAYARD, OFFICIERS, DEUX PRISONNIERS DE DISTINCTION.

BAYARD, *aux prisonniers.*

Messieurs, voici la tente où vous serez reçus.

Il leur montre la tente voisine de la sienne.

Des gens de votre sorte et d'un sang noble issus
Ne verront pas leur foi suspectée ou trompée :
Donc j'ai votre parole, et voici votre épée.

Un officier leur remet leur épée.

Vous êtes maintenant mes hôtes, et je viens
Vous prier de vous seoir à table avec les miens.
On viendra vous quérir à l'heure convenue.

PREMIER PRISONNIER.

Soyez remercié pour cette bienvenue,
Seigneur. Nous savions bien qu'il n'était chevalier
Plus noble, plus courtois, ni plus hospitalier.

Ils se retirent pour gagner leur tente.

BAYARD, *aux archers.*

Nous avons des blessés, mais leur cas est peu grave.
Monsieur de Saint-Laurent est tombé comme un brave,
Dieu le reçoive en paix. Demain on chantera
Une messe pour lui. Chacun de nous ira.
Archers, vous avez eu journée à votre taille,
Et vous pourrez conter une belle bataille
Aux dames, n'est-ce pas ? On est heureux d'avoir
De braves compagnons, qui font bien leur devoir.

SCÈN. ET LÉG. 3**

Mais qui me parlera de monsieur de Boutière ?
Longtemps à mes côtés il s'est donné carrière,
Puis il a disparu.

SCÈNE III.

LES MÊMES, BOUTIÈRE.

BOUTIÈRE, *d'abord à la cantonade, puis sur le théâtre.*

> *Il tient par le bras un prisonnier plus grand que lui
> de toute la tête.*

Trahison, trahison !
Tu n'es qu'un vil parjure et me rendras raison.

> *Il s'avance au milieu de la scène. Une sentinelle vient
> barrer l'entrée de la tente. Au fond, deux hommes
> d'armes se placent de chaque côté du prisonnier, que
> Boutière se décide alors seulement à lâcher.*

BAYARD.

C'est notre homme; il paraît d'une belle colère
Et remorque à sa suite, ainsi qu'une galère,
Un gaillard prisonnier, deux fois grand comme lui.
Ça, Boutière, dis-nous l'objet de ton ennui.

BOUTIÈRE, *menaçant encore le prisonnier.*

Si tu bouges d'un pas et si tu fais la mine
De vouloir t'évader, coquin, je t'extermine.

> *A Bayard.*

Vous savez, Monseigneur, comment à vos côtés,
Jusqu'environ midi nous restâmes postés,
Etant bien résolus à faire bonne garde
Sur vous dont la valeur volontiers se hasarde.

Face à nous, ces Messieurs les arbalétriers
Vénitiens (1) restaient droits comme des piliers.
Pour lors, cette journée ayant pris la tournure
D'une belle victoire, on voulut, d'aventure,
S'y faire un humble part, tout comme dans un coin
De velours écarlate on se taille un pourpoint.
Se battre de son mieux est toute la consigne.
J'avise sur la droite un grand quartier de vigne.
La moitié de nos gens s'y porte, et, s'y cachant,
Tendent une embuscade aux approches du champ.
J'emmène le restant contre ceux de Venise.
Après un long combat où plus d'une surprise
Démontre à l'ennemi que l'on sait son métier,
L'Italien se lasse et commence à plier.
On le pousse, il s'ébranle, abandonne ses lignes,
Et tout en désarroi vient donner dans les vignes.
Notre plan était bon et ne fut pas déçu :
Le groupe des fuyards est chaudement reçu
Par toute notre bande et par ceux de la suite.
Une ample débandade éparpille leur fuite.
Quel tableau ! Tel on voit, quand les chiens l'ont surpris,
S'égrener dans les airs un grand vol de perdrix.
Tandis que de son mieux chacun vaque à son rôle,
J'aperçois un des leurs (c'était le présent drôle),
Qui tombe de cheval, et de peur de mourir,
En lâche qu'il était, se remet à courir.
Je laisse le cheval, qui hennit et qui saigne,
Pour joindre le fuyard : or, c'était leur enseigne,
Muni de l'étendard qu'il veut escamoter.
Mais je suis bon coureur aussi, sans me vanter.
Je vole sur sa trace, et lui piquant l'échine :
Monsieur, abandonnez, dis-je, cette machine,

(1) C'étaient les gens de Rinaldo Contarini.

Elle vous embarrasse et vous met en retard.
Et je tire avec force un bout de l'étendard.
Mon homme lâche tout, croyant en être quitte,
Et plus fort que jamais se hâte vers son gîte.
Mais l'étendard sans l'homme et l'objet sans la main,
Ce n'était pas de jeu. Me remettre en chemin,
Accompagner ses pas d'une course pareille
Et lui souffler de près mon haleine à l'oreille,
Est chose bientôt faite. A la fin, morfondu,
Exténué de souffle et de course rendu,
Il dégaine; je crois qu'il veut enfin se battre.
Illusion ! Monsieur, qui m'a fait mettre en quatre,
Se rend, et, peu s'en faut, se mettant à genoux,
Me propose rançon d'un air piteux et doux.
Non, par ma foi, lui dis-je : il ne fallait pas rendre
Si misérablement ta peau, sans la défendre.
Au camp ! pour faire voir à ceux du Dauphiné
Que Boutière cadet vaut Boutière l'aîné.
Comme nous approchions du camp, presque à la porte,
Mon homme, s'avisant que j'étais sans escorte,
Me glisse entre les doigts et s'évade soudain.
« Un pas de plus, je tire et t'abats comme un daim! »
Notez que je n'avais ombre d'une arquebuse.
Mais le ton de ma voix lui fait peur et l'abuse.
Il se laisse conduire, aussi doux qu'un mouton
Que les abois des chiens ramènent au canton.
C'est de cette façon, Seigneur, qu'à la bataille...

BAYARD, *riant.*

Ma foi, si l'on jugeait des hommes sur la taille,
Ne jurerait-on pas qu'ici le prisonnier
C'est Monsieur de Boutière, et l'autre le geôlier?

LE PRISONNIER.

Votre archer a menti : quand j'ai remis l'épée,
La lame en était chaude et dans le sang trempée.

BOUTIÈRE, *montrant l'épée du prisonnier.*

J'affirme le contraire et le prouve à présent :
Voyez, la lame est neuve et sans trace de sang.

LE PRISONNIER,

Qui ne se fût rendu? Vous étiez une bande
Acharnée après moi.

BOUTIÈRE, *furieux, au prisonnier.*

Truand, fils de truande !

A Bayard, vivement.

Monseigneur, Monseigneur, de grâce accordez-moi
Une faveur insigne ?

BAYARD.

Eh bien, explique-toi.

BOUTIÈRE.

Puisqu'il m'accuse ici de victoire usurpée,
Rendez à ce coquin le poignard et l'épée ;
Recommençons le jeu, vous jugerez les coups,
Et verrez bien qui ment de ce lâche ou de nous.

Il dégaine et prend position.

3***

BAYARD.

Demande légitime et par nous accordée.
Mais vous, le prisonnier, est-ce aussi votre idée ?

LE PRISONNIER.

Non : réflexion faite et tout considéré,
Le sort m'a fait captif, captif je resterai.
C'est offenser le ciel et tenter Dieu lui-même
Que risquer en un jour deux fois le coup suprême.

BAYARD.

Le traître se démasque.

A un de ses officiers.

     Allons, notre prévôt,
Emmenez-moi cet homme et faites ce qu'il faut.
J'honore la défaite ; elle a, quand on y songe,
Des droits saints et sacrés. Mais un lâche mensonge
Qu'on fait pour s'excuser d'une lâche action,
J'ai cette vilénie en exécration,
Et je la punirais volontiers de la tête.
Allez, et sur-le-champ que justice soit faite.

On emmène le prisonnier.

BAYARD, *aux officiers.*

Messieurs, que dites-vous de notre jeune ami ?
L'enfant s'est-il montré noble et brave à demi ?

A Boutière.

O vaillant rejeton d'une vaillante race,

Boutière, mon cher fils, viens ça, que je t'embrasse.
Le début de ta course annonce l'avenir,
Et tu commences là comme on voudrait finir (1).

(1) Le petit Guiffrey de Boutière fit honneur à la parole de Bayard. Il devint lieutenant général et contribua pour une grande part au gain de la bataille de Cerisoles.

LES DAMES DE BRESCIA

XVIᶜ SIÈCLE

PERSONNAGES

BAYARD , CONVALESCENT D'UNE BLESSURE REÇUE AU SIÈGE DE
  BRESCIA.

DAME BARBARA STRADELLA, VEUVE, HÔTESSE DE BAYARD.

GINEVRA, SA FILLE AÎNÉE, AGÉE DE 16 ANS ET DEMI.

SIMONE, SA FILLE CADETTE (15 ANS).

MAITRE JACQUES JOFFREY, MAÎTRE D'HÔTEL ET TRÉSORIER DE
  BAYARD.

L'action se passe à Brescia, en Italie.

---

*La scène représente un salon commun aux deux familles. Il est
meublé sans grand luxe, mais tenu avec soin et avec goût, fleurs
dans les vases; les luths des deux jeunes filles sont suspendus à la
muraille. Pupitre et musique.*

LES DAMES DE BRESCIA

Au lever du rideau, Bayard, encore pâle d'une récente blessure, est assis près d'une table où sont pêle-mêle quelques papiers. Son trésorier et maître d'hôtel, maître Jacques Joffrey, debout devant lui, compulse des notes et rend ses comptes.

SCÈNE I.

BAYARD, MAITRE JOFFREY.

BAYARD, *avec autorité.*

Oui, mon maître d'hôtel, monsieur Jacques Joffrey,
Je vous l'ai déjà dit et vous le redirai :
Nous devons tout payer ici, comme à l'auberge.

JOFFREY.

Tout ?

BAYARD.

Absolument tout, même le bout de cierge
Qui brûle dans la chambre ou sur les escaliers,
Même le pot de noir à cirer les souliers,
A plus forte raison ce qu'on sert sur ma table,
Et le vin de la cave et le lait de l'étable.

Pousser la guerre, et la mener tambour battant,
Fort bien, c'est le devoir; mais paix à l'habitant !
Vous rembourserez donc à notre digne hôtesse
Tout ce qu'elle a fourni.

JOFFREY.

      Monseigneur, votre caisse
N'y suffira jamais.

BAYARD.

  Empruntons.

JOFFREY.

       Et sur quoi ?

BAYARD.

Sur le retour prochain des argentiers du roi.

JOFFREY.

Si vous trouvez un juif qui risque une pistole
Sur ce gage, je veux....

BAYARD.

     Eh bien ! sur ma parole.

JOFFREY, s'inclinant.

Oh ! c'est de l'or en barre.

BAYARD.

     Enfin, quoi qu'il en soit,
Nous fûmes bien reçus, bien traités sous ce toit,

Il le faut ménager. Cette dame et ses filles
Me rappellent un peu nos anciennes familles
Du pays dauphinois, et je serais content
De leur en témoigner quelque chose en partant.

JOFFREY.

Vous êtes, Monseigneur, un maître magnifique,
Et votre procédé pour tout dire est unique.
Quand le baron Freundsberg, suppôt de l'Empereur,
Prend d'assaut une place, il livre à la fureur
De ses reitres gagés corps et biens, dans la ville.
Puis, méthodiquement, d'une façon civile,
Il s'en va, plume en main, réquisitionner.
Ce qu'il n'a pas su prendre, il se le fait donner,
Au point qu'à Rome, un jour, ce conquérant insigne
Fit un bon d'un écu, qu'il approuve et qu'il signe,
Pour une livraison de pain municipal
A jeter aux poissons dans le vivier papal.

BAYARD.

Que racontes-tu là ?

JOFFREY.

Des choses authentiques.
Ces Allemands, Monsieur, sont des hommes pratiques,
Brescia, pris d'assaut, est à nous, sauf erreur,
Comme le Louvre au roi, son burg à l'Empereur,
A vous votre Terrail, à moi l'humble bicoque
De mes défunts parents. Je crains qu'on ne se moque
De nous dans le pays.

BAYARD.

Je l'aime mieux ainsi

Que de faire pleurer les braves gens d'ici.
A quoi bon exercer, comme on faisait naguère,
Dans toute leur rigueur tous les droits de la guerre ?
Que gagner à ce jeu ? des malédictions,
Qui s'étendent sans fin de peuple à nations ;
Le retour insensé des mêmes représailles,
Et la haine, germant sur les champs de batailles
Comme une morne ivraie !

Il se lève et s'anime ; cette scène finit dans une espèce d'aparté.

Est-ce donc pas assez
De la tombe des morts et du sang des blessés ?
Créature de Dieu, chère famille humaine,
Est-ce enfin la colère ou l'amour qui te mène ?
Est-ce tout que la force, et n'est-il plus d'endroit
Où ces nobles proscrits, la Justice et le Droit,
Puissent porter leurs pas et reposer leur tête ?
Pacifier la guerre, adoucir la conquête,
Et, la lutte finie, apprivoiser les cœurs,
N'est-ce pas le devoir qui s'impose aux vainqueurs ?
Que dira l'avenir de nous et de notre œuvre ?
Le Seigneur est le maître et l'homme est son manœuvre.
Nous nous croyons la gloire et sommes simplement
La vengeance divine et l'aveugle instrument.

Sur ces derniers vers, la porte du fond s'ouvre dis-crètement : la dame Barbara Stradella paraît sur le seuil ; maître Jacques Joffrey s'approche d'elle.

SCÈNE II.

LES MÊMES; DAME BARBARA STRADELLA, *tout en noir : elle garde une main cachée dans les plis de sa robe.*

DAME BARBARA, *bas à maître Joffrey.*

Maître, je ne veux pas troubler sa Seigneurie.

JOFFREY.

Vous ne la troublez pas; approchez, je vous prie.

A Bayard, qui se détourne et revient vers la table.

Seigneur, c'est cette dame.

BAYARD.

Elle vient à propos.
Asseyez-vous, Madame, et soyez en repos.

Ils s'asseyent de chaque côté de la table; Joffrey assiste debout à l'entretien.

Quel souci vous occupe?

DAME BARBARA.

Il s'agit de vous-même,
Seigneur.

BAYARD.

De moi, Madame?

DAME BARBARA.

Oui, de vous que l'on aime,
Et qu'on admire ici. Quand, dans cette maison,

Après l'assaut fatal à notre garnison,
Vous fûtes apporté sur la noire civière,
Nous crûmes bien toucher à notre heure dernière.
Que n'ose le soldat enivré de fureur?
Mes deux filles et moi, muettes de terreur,
Nous attendions l'arrêt de notre destinée...
Ville prise d'assaut et ville condamnée,
C'est tout un, aujourd'hui. Mais nous ne savions pas
Que la miséricorde accompagne vos pas,
Qu'un esprit de clémence en vous toujours respire,
Et sur la soldatesque exerce son empire.
Tout pâle, tout sanglant, sur vos coudes meurtris
Vous vous êtes dressé pour leur jeter ces cris :
(Je les entends encor vibrer dans ma mémoire.)
« Honte à qui souillerait l'honneur de la victoire !
« Respect aux habitants, paix au peuple, aux bourgeois,
« Aux dames ! » Le soldat, docile à votre voix,
Epargne nos maisons, notre honneur, notre vie,
Et si la liberté par la force ravie
Se pouvait oublier, on ne songerait pas
A regretter le temps des anciens podestats.

Elle se lève.

Monseigneur, je ne suis qu'une humble et pauvre femme,
Qui sait mal exprimer ce qu'elle sent dans l'âme.
Le bon Dieu, qui bénit mon arrière-saison,
A mis un peu d'aisance au sein de ma maison,
Et j'ai vu prospérer mon modeste héritage.
Avec l'économie et le soin en partage,
J'ai pu, sur notre avoir, prélever une part,
Dont je viens faire offrande à vous, seigneur Bayard.

Elle dépose une bourse pleine d'or sur la table.

BAYARD, *gauche et déconcerté.*

Madame, je ne sais... Joffrey, devons-nous prendre?

JOFFREY, *avec conviction.*

Je crois bien ! Un refus contriste une âme tendre.
Cet argent, qui du ciel tombe si juste à point,
Ravitaille la troupe et nous donne un pourpoint.

BAYARD.

Quoi ! sommes-nous si bas, majordome ?

JOFFREY.

　　　　　　　　　　　　　　　　Sans doute.
Ce subside manquant, c'était la banqueroute.

BAYARD, *à la veuve, en montrant la bourse.*

Combien d'argent, Madame, avez-vous compté là ?

DAME BARBARA.

Deux mil cinq cents écus.

BAYARD.

　　　　　　　Deux mil cinq cents ?

DAME BARBARA.

　　　　　　　　　　　　　　　　Voilà
Tout ce que j'ai pu faire en ce moment ; mais comme
On a quelque crédit, j'arrondirais la somme,
Si votre Seigneurie en marquait le désir,
Car on veut faire en tout selon son bon plaisir.

BAYARD.

Madame, grand merci. — Maître Joffrey ?

JOFFREY.

Mon maître ?

BAYARD.

Prenez donc cette bourse.

*Joffrey se saisit vivement de la bourse et lui fait
prendre le chemin de sa poche.*

BAYARD, *l'arrêtant.*

Eh ! vous faites paraître
Un zèle un peu trop vif. N'empochez pas encor,
Mais rangez ces écus, oui, ces beaux écus d'or
Que vous lorgnez, Messire, avec une tendresse
De chatte regardant déjeuner sa maîtresse.

Joffrey range les écus en trois piles sur la table.

Là, deux piles de mille et les cinq cents écus
A part, comme cela.

*Il prend une des piles et la fait tomber en cascade
d'une paume dans l'autre.*

Le trésor des vaincus,
C'est doux à manier, n'est-ce pas ?' L'escarcelle
Au ventre rebondi d'où tombe, d'où ruisselle
Le métal bien frappé, l'argent de bon aloi,
Cela vous fait le cœur aussi content qu'un roi !

JOFFREY.

Monsieur, vous parlez d'or.

BAYARD, *à la veuve.*

Dame, vos demoiselles
Pourraient-elles venir ? Nous avons besoin d'elles
Pour compter ces écus.

DAME BARBARA.

C'est aisé, Monseigneur :
Mes filles à l'instant viennent vous rendre honneur.

Elle sort.

SCÈNE III.

BAYARD, JOFFREY.

BAYARD.

Joffrey, tu disais donc que ces hommes uniques,
Ces fils ingénieux des rives germaniques,
Savent plumer la poule ?

JOFFREY.

Et la laisser crier.

BAYARD.

Mais peut-on, sans cesser d'être bon chevalier,
En faire autant, mon maître ?,

JOFFREY.

Autant, c'est beaucoup dire ;
Je crois que l'à peu près ici devrait suffire.
En y mettant du tact...

BAYARD.

Oui.

JOFFREY.

Des formes...

BAYARD.

Très bien.

JOFFREY.

On peut faire un bon gain et rester bon chrétien.

BAYARD.

On va donc essayer.

Entre dame Barbara, suivie de ses deux filles Simone et Ginevra, toutes deux vêtues de même.

SCÈNE IV.

BAYARD, JOFFREY, DAME BARBARA, SIMONE, GINEVRA.

BAYARD, *allant à leur rencontre.*

Gentilles demoiselles,
Qu'on proclame partout aussi sages que belles,
Nous vous baisons les mains. Devant partir sous peu,
Votre preux chevalier voulait vous dire adieu.
Que ne vous doit-il pas ? Le soir de la bataille,
Exténué, mourant, et de plus d'une entaille
Ayant la peau trouée et l'âme mal en point,
Il vous fut amené, vous en souvient-il point ?
Qui l'a soigné, veillé ? qui pansa ses blessures ?
Mit sur son front brûlant ses mains fraîches et pures ?

A la longueur des nuits quand la longueur des jours
Succédait, qui versa le baume des discours,
Le baume des chansons sur ses cuisantes plaies ?
Qui lui faisait trouver plus courtes et plus gaies
Les heures de souffrance et d'immobilité ?
O couple ravissant de grâce et de beauté !
Chastes fronts, chastes cœurs ! La douce compagnie
Que vous me faisiez lors, et la douce harmonie,
Quand vous chantiez Roland, neveu de l'Empereur.
Et ses grands coups d'épée et sa grande fureur,
Roncevaux le maudit, et toute notre armée
Sous les flèches du Maure en un jour décimée,
L'archevêque Turpin qui, les bras étendus,
Bénit les chevaliers, morts sans s'être rendus,
Et le vieux Charlemagne à la barbe fleurie
Qui pleure les héros tombés pour la patrie !
Instants délicieux !

                Or, devineriez-vous
Ce qu'on veut que je fasse en retour ? — Entre nous,
L'auteur du noir complot, c'est votre propre mère,

        Montrant Joffrey.

Et voici Gannelon qui s'est fait son compère.
On veut qu'en vous quittant, en quittant ce foyer,
De soldat que je suis me faisant usurier,
Je prenne votre bien. Oui, cet or, sur la table,
Ce félon de Joffrey, ce traitant intraitable,
De qui la Signora soutient la trahison,
Prétend que je l'emporte en guise de rançon.
Qu'en dites-vous ?

              SIMONE.

        Seigneur, ce que veut une mère,
Une fille bien née a soin de s'y complaire.

                    4*

BAYARD.

Est-ce aussi votre avis, charmante Ginevra?

GINEVRA.

Monseigneur, je voudrai ce que maman voudra.

BAYARD, *riant.*

Même d'aller au cloître, où sainte Catherine
Met aux filles sans dot sa coiffure chagrine?

SIMONE, *avec une grande révérence.*

Assurément, Seigneur.

GINEVRA, *imitant sa sœur.*

Seigneur, assurément.

BAYARD.

Peuh! ce procédé-là m'a l'air bien... allemand,
Et j'aime mieux agir à la mode de France.
Cet argent, amassé pièce à pièce, en silence,
C'est votre dot, enfants. Prenez, car c'est raison,
Lorsque votre jeunesse est dans sa floraison,
Que vous ne soyez pas au cloître abandonnées.
Dieu conduise au bercail vos jeunes destinées!
Je vous rends votre bien. Qu'il n'en soit excepté
Que quatre cents écus pour faire charité
Aux pauvres de la ville, et cent écus pour faire
Largesse aux serviteurs.

DAME BARBARA, *à Simone et à Ginevra, qui la consultent du regard.*

Il faut le satisfaire,

Mes filles ; c'est son ordre exprès, et, quant à nous,
Il ne nous reste plus qu'à tomber à genoux.

BAYARD, *les relevant.*

Que faites-vous ? en France, où sont les nobles âmes,
On voit maint chevalier tomber aux pieds des dames,
Mais jamais une dame aux pieds d'un chevalier.
Je compte bien d'ailleurs tirer quelque loyer
De ce peu que j'ai fait. — Mes chères demoiselles,
Habiles à chanter les douces villanelles,
Réjouissez votre hôte une dernière fois
Par l'accord d'un beau luth et d'une belle voix.
Dites-nous, comme au temps où nous étions malade,
De ces « neiges d'antan » la touchante ballade.

> *Simone va décrocher les deux luths qu'on voit sur la muraille ; dame Barbara prépare la musique sur le pupitre que Joffrey a mis en place.*

SIMONE.

Ma sœur, voici ton luth ; j'accorderai le mien.

GINEVRA.

Et moi, je vais me mettre à l'unisson du tien.

> *Elles préludent, puis chantent deux strophes de la ballade des « Dames du temps passé » de Villon.*

BALLADE.

Dites-moi où, n'en quel pays
Est Flora, la belle Romaine,
Archipiada ni Thaïs,
Qui fut sa cousine germaine ?

Semblablement où est la reine
Qui commanda que Buridan
Fût jeté en un sac en Seine ?
— Mais où sont les neiges d'Antan ?

La reine Blanche comme un lys
Qui chantait à voix de Sirène,
Berthe aux grands pieds, Biétrix, Allys;
Harembourges qui tint le Maine,
Et Jeanne la bonne Lorraine,
Qu'Anglais brûlèrent à Rouen;
Où sont-ils, Vierge souveraine ?
— Mais où sont les neiges d'Antan ?

Elles déposent leurs guitares sur la table.

BAYARD, *fredonnant les derniers vers.*

Et Jeanne la bonne Lorraine
Qu'Anglais brûlèrent à Rouen ;
Où sont-ils, Vierge souveraine ?
Mais où sont les neiges d'Antan ?

Parlé.

Chantés par vous, ces vers — riez de ma folie !
M'emplissent de tristesse et de mélancolie.
Je ne sais pas pourquoi, dès que je les entends,
Un gentil souvenir me vient de mes vingt ans.
Vingt ans! l'âge où le cœur palpite sous l'armure.

« Mais où sont les neiges d'Antan? »

Ce refrain de ballade est comme le murmure
Des choses du passé qu'on voudrait ressaisir,
Et l'on ne peut savoir si c'est peine ou plaisir.
Adieu, quand j'entendrai dans notre douce France

De fraîches voix d'enfants chanter cette romance,
Je songerai de loin au toit hospitalier.

SIMONE ET GINEVRA, *prenant congé.*

Monseigneur, Dieu vous garde.

BARBARA.

Adieu, bon chevalier.

Elles sortent, reconduites jusqu'au seuil par Bayard. Gi-
nevra, restée un peu en arrière, fait une fausse sortie et
revient vivement sur ses pas.

SCÈNE V.

BAYARD, GINEVRA, JOFFREY.

GINEVRA, *d'un ton de confidence, à Bayard.*

Monseigneur, je reviens pour vous dire en sourdine
Que je n'ai pas de goût pour sainte Catherine;
Elle me fait grand'peur cette sainte, et je veux,

Se corrigeant.

Je demande, Seigneur, que vous fassiez des vœux
A la Vierge divine, afin qu'elle m'envoie
Un bon mari, pour vivre en paix et dans la joie.

Elle s'enfuit légère comme un oiseau.

BAYARD.

Mignonne, on le fera, mais les yeux que voilà
Sans neuvaine de moi vous obtiendront cela.

Il l'accompagne en riant.

SCÈNE VI.

BAYARD, JOFFREY.

BAYARD, *revenant près de Joffrey.*

Joffrey, votre grand nez s'est allongé d'une aune ;
Riez donc avez moi.

JOFFREY, *lugubre.*

        Monsieur, je rirais jaune.
Ces écus, dans ma poche à demi descendus,
Et par ordre de vous incontinent rendus,
Cela me fend le cœur. Quelle énorme largesse !

BAYARD.

Joffrey, contentement, dit-on, passe richesse.

LE COUP DE CANON

XVIᵉ SIÈCLE

PERSONNAGES

LE DUC DE GUISE, GOUVERNEUR DE METZ POUR LE ROI DE FRANCE.

LANDRY, BOURGEOIS DE METZ.

MAITRE JEAN PHILIBERT, RÉGENT DE COLLÈGE.

GONTRAN,

MARCEL, } ÉCOLIERS.

GUILLAUME,

GROUPE D'ÉCOLIERS.

GROUPE D'OFFICIERS DE L'ÉTAT-MAJOR DE GUISE.

LE COUP DE CANON

La scène se passe à Metz, pendant le siège fait par les Allemands en 1552. Coin de rempart à l'intérieur ; terres fraîchement remuées ; ouvrages en construction; traces de mitraille ; débris de paille et de bois sec, comme après un bivouac. — Principal accessoire : un long canon monté sur affût, chargé et pointé.

SCÈNE I.

LANDRY, BOURGEOIS DE METZ, ENRÔLÉ PARMI LES TRAVAILLEURS.

Il arrive pesamment avec une brouette chargée de terre. Il la vide à terre, puis s'assied sur les brancards en soufflant.

LANDRY, *seul.*

Ma foi, je n'en puis plus. Aussi, depuis dix jours,
Remuer de la terre et des outils très lourds,
C'est pour tuer les gens. Je ne suis pas manœuvre,
En somme, mais marchand. J'ai mis la main à l'œuvre
Pour faire comme ceux qui faisaient comme moi.
Je veux être pendu si je comprends pourquoi.
Mais ce Monsieur de Guise a de telles paroles
Qu'il vous fait accomplir les choses les plus folles.

Raser tout un quartier de Metz ! jeter à bas
Temples, couvents, faubourg, et ne regarder pas
Si c'est marbre ou platras ! Faire en une semaine
La besogne d'un an ! oh ! c'est un capitaine.
Et ces seigneurs français, nos maîtres aujourd'hui,
Ont le cœur enragé de gloire comme lui.
Ils ne respirent rien que sortie et bataille.
Va, mon pauvre Landry, va, tu n'es pas de taille
A suivre ces gens-là. Retourne à la maison.

Il se lève.

Retourner ! Déserter mon poste ! Et la raison,
S'il vous plaît ? D'où me vient si lâche fantaisie ?
Ne suis-je pas bourgeois de bonne bourgeoisie ?
Vieux Lorrain, ennemi de ces reîtres méchants
Toujours prêts à piller nos maisons et nos champs ?
Malheur ! Il ferait beau de voir Metz la pucelle
Sacrifier son nom d'illustre demoiselle,
Et livrer sa vertu, qu'on célébra toujours,
A ces Brandebourgeois velus comme des ours !
Allons pousser la pelle et rouler la brouette.

Relevant le collet de son manteau.

Tudieu ! ce vent de bise aux oreilles vous fouette.

*Coup de canon. Une fusée met le feu aux restes de
paille épars sur le sol.*

Bien travaillé, là-bas ! juste ce qu'il me faut.
J'avais froid tout à l'heure, et maintenant j'ai chaud.

*Il allume sa pipe au feu de paille, s'y chauffe un
instant les pieds et les mains, et sort en roulant la
brouette.*

SCÈNE II.

GONTRAN, MARCEL, GUILLAUME, ÉCOLIERS DE 12 A 13 ANS ;
GROUPE D'ÉCOLIERS UN PEU PLUS PETITS.

Ils arrivent successivement.

GONTRAN, *une baguette à la main, à la cantonade.*

ar ici, par ici ! Venez donc, camarades.
e canon fait céans de belles pétarades,
t du haut des remparts nous jugerons les coups.

MARCEL, *à la cantonade*

ar ici, par ici !

GUILLAUME, *même jeu.*

Camarades, à nous !

*Ils arrivent en s'éparpillant sur le théâtre. — Coup
de canon. Un boulet casse les branches hautes d'un
arbre.*

GONTRAN.

l'empereur Charles-Quint veut donc jouer aux quilles !

MARCEL.

n joueur magnifique il nous fournit les billes.

GUILLAUME.

n les lui renverra, car un homme de bien
es mains de ces gens-là ne doit accepter rien.

MARCEL, *allant vers le canon.*

Oh! la belle bombarde!

Tous se groupent autour de la pièce.

GONTRAN.

Ignorant! cette pièce
Est une couleuvrine, et de la grande espèce.
Elle est nommée ainsi, comme ça se comprend,
Rapport à son long col en forme de serpent.

GUILLAUME.

C'est fait pour envoyer quelque prune qui pèse.

GONTRAN.

On voit aux fleurs de lys que la pièce est française;
Nous ne possédons pas à Metz, dans l'arsenal,
Pièce d'un pareil poids, ni d'un pareil métal.

UN PETIT.

Et ce grand lézard vert?

GONTRAN.

C'est une salamandre,
Une bête qui vit de braise, dans la cendre.
Ces deux F couronnés sont pour marquer le nom
Du roi François premier de qui vient ce canon.

MARCEL.

C'est gentil, ces joujoux.

GONTRAN.

Oui, cela tue un homme
Aussi facilement que je coupe une pomme.

GUILLAUME.

En voit-on de plus grands?

GONTRAN.

La *Mésange* à Strasbourg,
Et le *Tailleur-de-Pierre* à Berne, près Fribourg.
Je me souviens encor d'une certaine *Autruche*...

MARCEL, *étourdiment.*

Grand oiseau fabuleux, natif d'Orient.

GONTRAN.

Cruche !
Il s'agit d'un canon immense et renommé
Que garde dans ses murs Strasbourg, déjà nommé.
On dit qu'il porte bien dix cavaliers en croupe.
L'empereur eût voulu l'engager dans sa troupe,
Pour battre nos remparts et nous casser les os ;
Mais les vieux Strasbourgeois, qui ne sont pas des sots,
Lui dirent : « Halte-là, Majesté ! Ce sont choses
Qui ne se donnent pas comme feuilles de roses.
Nos canons sont à nous, payés de nos écus! »
Et le bon empereur est demeuré camus.

MARCEL.

Dame, à sotte requête apostrophe incivile.

GUILLAUME, *jetant son bonnet en l'air.*

Bravo, les Strasbourgeois ! trois hurrahs pour leur ville !

MARCEL.

Strasbourg est, après Metz, ce que j'aime le mieux.

GUILLAUME.

Et Paris ?

MARCEL.

Oh ! Paris, c'est le séjour des Dieux.

GONTRAN.

Si vous voulez m'aider, vous autres, je parie
De tirer ce canon.

MARCEL, *haussant les épaules.*

Quelle plaisanterie !

GONTRAN.

Je ne plaisante pas : mon oncle est bombardier.

MARCEL.

Et moi j'ai vu le feu, mon père est cuisinier.

GUILLAUME.

Bravo, Gontran ; j'en suis !

GONTRAN, *aux plus petits.*

Holà ! moutards, arrière !

Il grimpe par l'affût jusque sur le canon, sur lequel il
se met à cheval et sonde l'intérieur avec sa baguette.

Il est chargé, parfait ! Voyons si la lumière....

Il examine le trou de la culasse appelé lumière.

Amorcée ! A présent, il nous faudrait du feu.

MARCEL, *passant un briquet.*

Le briquet de papa.

GUILLAUME.

C'est l'affaire, parbleu !

GONTRAN, *sautant à terre.*

Oui, mais de l'amadou ! de l'amadou ! Je donne
Pour un peu d'amadou mon sceptre et ma couronne.

Il fait tournoyer sa casquette au bout de sa baguette.

MARCEL.

Voilà tout ce que j'ai.

GONTRAN, *confectionnant une espèce de mèche.*

Bon ! je mets l'amadou
Au bout de la baguette et j'applique le tout.

Il essaie l'opération, après avoir allumé sa mèche
au moyen du briquet.

Non, je suis trop petit. Prête-moi ton échine,
Guillaume ; c'est très haut, sais-tu, cette machine.

Guillaume fait la courte échelle ; mais, comme il est
trop près de la pièce, Gontran l'écarte vers la gauche.

Au large ! le recul, mon cher, nous tuerait net.

Il grimpe, mèche allumée.

Tiens, je tire là-bas sur ce gros lansquenet.

> *Il applique la mèche, en ayant soin de coller son*
> *oreille contre le bras, à la façon des artilleurs anciens.*

Gare dessous !

> *Le coup part. Gontran et Guillaume roulent à terre*
> *et se remettent bientôt sur pied.*

MARCEL.

Touché !

GUILLAUME.

Victoire !

GONTRAN.

L'Allemagne,
Et ses croque-mitaine et ses tranche-montagne,
Ne diront pas qu'à Metz l'enfant boude aux canons.

GUILLAUME.

Ton boulet s'est chargé de leur porter nos noms.

MARCEL.

C'est un messager sûr; jamais en pure perte
Il ne se met en route. A moins...

GONTRAN.

Alerte, alerte !

> *Paraît dans le fond le maître, en quête et tout effaré.*

SCENE III.

LES MÊMES, LE MAÎTRE,

LE MAITRE, *les apercevant.*

Je l'aurais parié que mes petits pendards
Etaient, comme toujours, du côté des remparts.

MARCEL.

Pincés !

*Tous ont tiré un livre de leur poche et affectent une
grande attention à leur lecture ou à leur leçon.*

LE MAITRE.

Que faites-vous ?

GONTRAN.

Monsieur, vous voyez comme
Je lisais Cicéro, grand orateur de Rome.

GUILLAUME.

Et moi, je méditais Virgilius Maro.

MARCEL.

Moi, Flaccus.

UN PETIT.

Moi, Gracchus.

LE MAITRE, *lui donnant un soufflet.*

Vous êtes un maraud !
En classe ! sur-le-champ ! ou je m'en vais découdre
A quelques-uns l'oreille.

Le nez en l'air et flairant.

Hum! hum! ça sent la poudre.

Il regarde la mèche restée par terre; mais Marcel met le pied dessus. Tout à coup, le canon, dont la gueule fume encore, lui apparaît comme pièce de conviction. Avec stupéfaction et d'une voix sourde.

Qu'est-ce qui s'est permis de tirer le canon ?

GONTRAN.

Ce n'est pas moi, Monsieur.

GUILLAUME.

Ni moi.

LE MAITRE, *à Marcel.*

Ni vous?

MARCEL.

Oh! non.

LE MAITRE.

Alors, c'est le canon qui partit seul.

MARCEL.

Possible.
Un lansquenet, Monsieur, c'est une belle cible.

LE MAITRE, *ramassant la mèche que Marcel ne pense plus à cacher sous son pied.*

Et cette mèche-là se sera sûrement
Toute seule allumée ?

MARCEL.

Indubitablement.

LE MAITRE.

Indubitablement ? vous reviendrez en classe,
Où vous conjuguerez le verbe : je rends grâce
A Dieu...

GONTRAN, *qui l'interrompt.*

D'être Français et d'avoir pour docteur
Maître Jean Philibert, l'incomparable auteur
Du grand *Monumentum* de la langue latine,
Translateur d'Aristote, adnotateur de Pline,
Helléniste, humaniste, « omniste », et cetera !

LE MAITRE, *flatté.*

Paix !
        A part.
Il a de l'esprit, le petit scélérat !
        Haut, sévèrement.
En route, et filez droit.

GONTRAN, *apercevant Landry.*

Ciel ! papa !

SCÈNE IV.

LES MÊMES, LANDRY.

LANDRY, *toujours emmitouflé et traînant sa brouette.*

> Quel esclandre !
La canonnade et vous, c'est à ne pas s'entendre.

Il aperçoit Gontran.

Mon fils ? sur le rempart ! Je le croyais là-bas,
Maitre Jean Philibert ?

GONTRAN.

> Père, ne gronde pas.
Le moyen d'y tenir quand la poudre fait rage,
Et qu'à deux pas de soi la bataille s'engage ?
.Est-ce que tu te tiens au logis conjugal,
¹ Quand on sonne au rempart ?

LANDRY, *sévèrement.*

> Polisson !

A part.

> C'est égal,
L'enfant n'est point un lâche, et j'aurai de la peine
A ne le pas laisser devenir capitaine.

*Coup de canon. Le maître et Landry, surpris, plient
les épaules. Le chapeau de Landry tombe.*

GONTRAN, *à part.*

Le maître a salué.

Haut, ramassant le chapeau de Landry.

Papa, recouvre-toi.

Bas.

Dis donc, tu ne sais pas ? Le canon, c'était moi !

Il l'embrasse.

SCÈNE V.

LES MÊMES, LE DUC DE GUISE *avec un brillant état-major.*

GUISE.

Bravo, les canonniers ! vous avez fait coup double,
Et dans une cornette entière mis le trouble.
Bien travaillé, garçons. Cinq ducats au pointeur.
Ça, qu'il se montre à nous.

LANDRY, *présentant son fils.*

Prince, voici l'auteur.
L'enfant a fait le coup avec ses camarades.

GUISE.

Parbleu, les Allemands sont des hommes malades,
Si les petits garçons s'enrôlent canonniers.

A maître Jean Philibert.

Maître, vous avez là de vaillants écoliers.
Ils se sont comportés d'une telle manière
Qu'ils ont bien mérité d'avoir une bannière,
Voici la mienne.

Un officier remet la bannière du duc aux mains de Gontran.

Elle a ceci de beau, garçons,
Que la victoire suit partout, où nous passons,

4***

Qu'elle ne fit jamais un seul pas en arrière,
Et compte à ses états plus de vingt ans de guerre.

GONTRAN , *et les autres.*

Vive Guise, et que Dieu lui donne bon succès !

GUISE, *à ses officiers.*

Messieurs que dites-vous de ces nouveaux Français ?
Le mot de passe hier était Lorraine et France :
Aujourd'hui nous prendrons pour mot d'ordre : Espé-
[rance.

*Cris de Vive Guise! vive France! Défilé des écoliers,
bannière en tête. Coups de canon. — Fanfares.*

UNE JOURNÉE D'AMBROISE PARÉ

XVIᵉ SIÈCLE

PERSONNAGES

GUISE, GOUVERNEUR DE METZ POUR LE ROI DE FRANCE, EN 1552.

AMBROISE PARÉ, CHIRURGIEN DU ROI ET DE L'ARMÉE DU DUC DE GUISE ENFERMÉE DANS METZ.

JACQUES DIT JACQUOT, SON VALET.

RODRIGUE, INCONNU.

ARNOLD, FORGERON.

CONRAD, BOUCHER.

DAME MARTHE, MERCIÈRE.

UN CUISINIER.

SERVITEURS ET GENS D'ESCORTE.

OFFICIERS DE LA SUITE DU DUC.

Ambroise Paré repousse les offres de Rodrigue.

UNE JOURNÉE

D'AMBROISE PARÉ

La scène se passe à Metz, en 1552, au logis d'Ambroise Paré.

Une grande salle à manger servant de salon d'attente. Ameublement en chêne. — Porte au fond donnant sur la rue; deux fenêtres de chaque côté. Grande cheminée à gauche. Porte sur l'intérieur de chaque côté. Deux portes à droite avec tentures. Tables, sièges, crédence, aiguières de métal. Un buste d'Hippocrate très apparent décore la cheminée.

SCÈNE I.

JACQUOT, DAME MARTHE.

MARTHE, *en capeline noire, sur le pas de la porte du fond.*

Maître Ambroise Paré?

JACQUOT, *occupé à fourbir une aiguière.*

Sorti

MARTHE, *entrant.*

Dans sa demeure
Quand le trouvera-t-on ?

JACQUOT.

Ce n'est pas tout à l'heure.
Il est aux hôpitaux, et vous comprenez bien
Qu'avec cette besogne et par ce temps de chien
Il ne rentrera pas avant la nuit bien close.

MARTHE.

Quel contre-temps fâcheux !
Mettant la main à la poche pour tirer sa bourse.
Monsieur, si j'osais...

JACQUOT, *à part.*

Ose !

MARTHE, *lui mettant une pièce dans la main.*

Je pairais bien le droit d'attendre le docteur.

JACQUOT, *faisant l'offensé.*
Oh !
Empochant la pièce et faisant la révérence.
Madame, je suis votre humble serviteur.
A part.
La pièce a peu de poids, mais, au temps où nous sommes,
Il ne faut pas cracher sur les petites sommes.

*Haut et conduisant dame Marthe à l'une des portes
de droite dont il soulève le rideau.*

Entrez là, vous serez très bien sur l'escabeau.
Je vous avertirai.

Elle entre.

SCÈNE II.

JACQUOT, RODRIGUE. *Habits noirs rapiécés ; la physionomie,
le ton et les manières du personnage tranchent avec son costume.*

JACQUOT, *de la place où il a repris son aiguière,*

Quel est ce noir corbeau?

RODRIGUE, *sur le pas de la porte.*

Holà! Garçon, garçon!

JACQUOT, *sans se déranger.*

Il n'a pas l'air d'un prince,
Et son manteau me semble aussi troué que mince.

RODRIGUE, *s'avançant.*

Maître Ambroise?

JACQUOT.

Sorti.

RODRIGUE.

Pour un long temps?

JACQUOT.

Selon;
Peut-être il sera bref, à moins qu'il ne soit long.

RODRIGUE.

Dois-je attendre?

JACQUOT.

Savoir.

RODRIGUE.

Ou partir?

JACQUOT.

On est libre.

RODRIGUE. *à part.*

Bon, je sais ce qu'il faut aux gens de ce calibre.
Haut.
Holà, drôle!

JACQUOT.

On me parle?

RODRIGUE.

A quel autre, parbleu?

JACQUOT.

On se parle à soi seul, des fois.

RODRIGUE.

Écoute un peu.
Aimes-tu les ducats en or fin d'Allemagne ?

JACQUOT.

Oui ; j'aime fort aussi les bons doublons d'Espagne.

RODRIGUE.

C'est tout comme. Or ça donc, fais qu'à part, à mon
[gré,
Je puisse entretenir maître Ambroise Paré,
Cette bourse est à toi. Plus ceci pour les arrhes.

Il lui donne une pièce.

Parmi tous nos aïeux, nous n'avons pas d'avares.

JACQUOT, *à part.*

Ma foi, j'aime les gueux de cette espèce, moi.

Haut et méfiant.

La pièce est bonne au moins ?

RODRIGUE.

Oh ! meilleure que toi.

JACQUOT, *le conduisant à la seconde porte de droite.*

Entrez de ce côté, je reviendrai vous prendre.
Mon maître est au logis, je le ferai descendre.

Il laisse retomber la porte et le rideau.

SCÈNE III.

JACQUOT, seul, pensif.

Singulier personnage au manteau déchiré!
Je devrais avertir maître Ambroise Paré.
Oui... Non... Peut-être... Eh! non. En somme, l'es-
                                    [carcelle
Est caution. Et puis, la vertu la plus belle
D'un valet, disent-ils, c'est la discrétion.
J'ai pour cette vertu de l'inclination.
D'ailleurs nos gens ici font bonne sentinelle.

Bruit au dehors, rumeur sourde, puis plus distincte.

Mais quel bruit est-ce là? Bon Dieu, la citadelle
Serait-elle attaquée? Ah! le siège maudit,
Où l'on n'est jamais sûr de dormir dans son lit.

*Il ouvre une des fenêtres du fond, et regarde dans
la rue.*

Non, c'est de mon côté que l'on se précipite.
Un soldat allemand! Mâtin, comme il court vite.
Pour sûr, un prisonnier qu'on veut pendre. On dirait
Qu'il a quelque blessure, et qu'il laisse un long trait
De sang derrière lui. Les uns lui font la chasse,

Se penchant au dehors et criant.

Les autres, au couteau... C'est cela! pas de grâce!

Parlé.

Il tombe, il se relève, il reprend son élan.
Oh! le vilain bonhomme avec son front sanglant.

Ils arrivent sur nous. Ma foi, dans la bagarre,
A tout événement je vais poser la barre.

Il quitte la fenêtre, et marche vers la porte pour la barricader. Au même instant, par la fenêtre restée ouverte, un prisonnier allemand, les cheveux hérissés, une balafre saignante sur le front, se précipite, hagard.

SCÈNE IV.

JACQUOT, un prisonnier, puis ARNOLD, forgeron,
et CONRAD, boucher.

LE PRISONNIER, *tout effaré.*

Asile, asile !

Il cherche où se cacher, avise un grand fauteuil près de la cheminée et se blottit derrière. — Au même moment la porte vole en éclats ; deux hommes du peuple, bras nus, regards furieux, se précipitent à la poursuite du fugitif.

ARNOLD, *une masse de forgeron à la main.*

A mort !

CONRAD, *avec un couperet de boucher qu'il brandit.*

Au gibet, l'Allemand !

JACQUOT, *qui a battu prudemment en retraite vers la porte.*

De quérir le patron, pour sûr, c'est le moment.

ARNOLD.

Où se cache le gueux ?

CONRAD.

Dans quelque coin sans doute.
Les gouttes de son sang ont dû marquer sa route.
Cherchons !... Voici. La trace allant de ce côté,
Suivons toujours le sang.

Ils découvrent le prisonnier, qui s'arme vivement d'un lourd tisonnier de fer ramassé dans un coin. Ils sont à une pique de distance les uns des autres, leur arme levée et prête à retomber.

ARNOLD.

Ah ! traître !

LE PRISONNIER.

Ah ! lâcheté !

CONRAD, *sa masse en l'air.*

Tu n'échapperas point au coup de cette masse.

SCÈNE V.

LES MÊMES, AMBROISE PARÉ, SERVITEURS ARMÉS.

AMBROISE PARÉ *surgit sur le seuil de la porte, et arrête du geste les assommeurs.*

Eh bien ! quel est ce bruit et qu'est-ce qui se passe ?
On massacre un pauvre homme, on force une maison.
Sommes-nous chez les Turcs ou fait-on trahison ?

Arnold et Conrad se découvrent avec grand respect.

ARNOLD.

Maître Ambroise, pardon, ce n'est pas notre faute,
Mais c'est ce scélérat de reître...

AMBROISE PARÉ, *sévèrement.*

Il est mon hôte,
Et qui du bout du doigt l'effleure seulement
Ne sortira pas vif de cet appartement.

*Arnold et Conrad laissent tomber leur arme qui roule
à terre, et ils se reculent en grommelant.*

AMBROISE PARÉ, *s'asseyant.*

Ça, causons maintenant.

Au blessé qui est resté sur la défensive, un genou en terre.

A vous d'abord, mon brave.

Il l'attire à lui et examine la plaie.

Cette blessure au front ne paraît pas très grave,
Un léger appareil, j'espère, y suffira.
Je vous panserai bien, et Dieu vous guérira (1),
Dieu, le grand guérisseur des maux et des blessures,
Dont l'œil est infaillible et dont les mains sont sûres,
Le père de la vie et l'auteur de nos jours :
Son saint nom invoqué nous assiste toujours.

Aux serviteurs.

Allez, conduisez-le dans une chambre haute.

(1) « Je le pansay, Dieu le guarit », mot qui revient sans cesse
dans les Mémoires d'Ambroise Paré, et que David d'Angers, le
sculpteur national, a gravé sur la statue, érigée par la ville de
Laval, patrie du grand chirurgien.

Il recevra les soins que l'on doit à son hôte ;
Mais je n'oublirai pas que c'est un prisonnier.

> *Il trace quelques lignes à la hâte sur un papier qu'il*
> *plie et remet à l'un des serviteurs.*

Le prévôt de l'armée est requis d'envoyer
Deux gardes pour veiller jour et nuit à sa porte.
En voici la demande écrite : qu'on la porte.

> *Le prisonnier s'éloigne, appuyé sur les bras des ser-*
> *viteurs qui lui font escorte.*

SCÈNE VI.

AMBROISE PARÉ, ARNOLD, CONRAD.

AMBROISE PARÉ, *leur faisant signe d'approcher.*

Maintenant, mes amis, nous sommes entre nous.
Je ne puis approuver la chose, entendez-vous ?
Lorsque le prisonnier à notre foi se fie,
Qu'on l'a pu désarmer, attenter à sa vie,
S'appelle en tout pays guet-apens, trahison,
Et, pour vos durs cerveaux, j'en dirai la raison :
Le combat en plein jour, sur le champ de bataille,
Lorsque chacun s'attaque et d'estoc et de taille,
Qu'on a l'épée au poing, la cuirasse et l'écu,
C'est beau, c'est glorieux ! Soit vainqueur, soit vaincu,
Au bout de cette lutte égale et légitime,
On a fait de son mieux, on a droit à l'estime.
Le roi François premier n'émeut pas moins mon cœur
A Pavie écrasé, qu'à Marignan vainqueur.

Mais contre un prisonnier désarmé, sans défense,
Qui sur la foi jurée assurément s'avance,
Lever la masse d'arme ou jouer du couteau,
Ce n'est pas en brave homme agir, mais en bourreau.
La France désormais vous a pris sous son aile,
Enfants des trois cités, montrez-vous dignes d'elle.
La belle renommée acquise en nos combats,
Par d'indignes excès ne la flétrissez pas.
Vous n'êtes plus d'Empire, et c'est la différence
Entre mœurs d'Allemagne et coutume de France,
Que nous ne faisons pas, nous, la chasse aux écus,
Et n'assassinons pas nos ennemis vaincus.
J'ai dit; près du blessé je monte. Adieu, mes dogues.

Il sort.

SCÈNE VII.

ARNOLD, CONRAD. *Ils se regardent quelque temps en silence.*

ARNOLD.

Il m'a remué l'âme, et, tout comme ses drogues
Endorment la douleur et guérissent les maux,
J'ai senti comme un charme en entendant ces mots.

CONRAD.

C'est tout pareil en moi. Je n'en sais pas la cause,
Mais ces hommes de France ont en eux quelque chose
Qui ne se trouvait pas dans nos maîtres anciens;
Et puisque nous parlons même langue, je tiens

5*

Que nous avons bien fait de leur ouvrir nos portes.
La France est riche et grande, et nulles mains si fortes
Plus généreusement n'ont combattu pour nous.
Les beaux exploits de guerre, Arnold, et les beaux
[coups!
Ce Guise, peut-on voir plus noble gentilhomme
Et plus vaillant soldat ? Et magnifique! comme...

ARNOLD.

Va, va, proclame-le hors de comparaison.
Et ce maître Paré, — car vraiment c'est raison
Qu'il ait aussi sa part dans ce panégyrique, —
Est-il rien de meilleur ? Pour le scientifique
On le dit sans égal. Le Guise eut le nez fin
Qui fit venir de France un si grand médecin.
A l'hôpital, sitôt qu'il entre dans les salles,
Tous les blessés vers lui tournent leurs faces pâles.
Ils ne veulent que lui pour les panser.

CONRAD.

On dit
Qu'il a certains secrets par lesquels il guérit.

ARNOLD.

Quels secrets?

CONRAD.

Je ne sais au juste, mais la chose
Sûre et certaine, Arnold, et partout on en cause,
C'est qu'il n'applique pas le fer rouge aux blessés,
Et ceux-ci souffrent moins lorsqu'il les a pansés.

C'est une herbe, dit l'un, l'autre une certaine huile,
Native d'Orient et de vertu subtile.

ARNOLD.

Enfin, c'est un brave homme. Il a de ces discours
Qui, même sans guérir, réconfortent toujours.
Pas dur au peuple, libre avec les gentilshommes,
Et les traitant, ma foi, comme les autres hommes,
A ce point qu'à l'un d'eux un jour il appliqua
Son pied nu sur la face, à ce qu'on m'expliqua,
Pour avoir plus de force à tirer du visage
Un fer de lance entré par un certain passage (1).

> *Paré rentre sur la fin de cette scène. Les deux hommes du peuple ramassent leur arme, et se retirent, bonnet à la main, à reculons, avec de naïves démonstrations de respect.*

SCENE VIII.

AMBROISE PARÉ, *seul, après qu'il leur a fait de la main un geste amical.*

AMBROISE PARÉ.

Nos dogues sont calmés, à ce que je puis voir.
Ce peuple est bon : la France assume un grand devoir.
Conquérir est aisé, mais combien de conquêtes
S'écroulent sous le choc des premières tempêtes !
Ce qu'a donné le glaive après d'heureux combats,
Le glaive peut le perdre et ne l'assure pas.

(1) Historique. C'est au Balafré que fut faite cette opération.

Et qu'est-ce qu'un millier de jours ou de semaines
Dans l'éternel reflux des affaires humaines?
Se faire aimer, voilà la tâche du vainqueur.
Rien de fait, s'il n'a pris racine dans le cœur.
La France a des moyens plus puissants que les armes
Pour achever son œuvre : elle essuira des larmes,
Elle pacifiera. — Civilisation,
Ce mot résume tout, devoir et mission.
Le droit de commander, quelle qu'en soit la gloire,
Ne découle pas tant du fait de la victoire
Que de cette grandeur dont l'âme est le foyer,
Qui change tout un peuple en divin ouvrier,
Et que rien ne remplace, et qui force à connaître
Dans lequel des deux camps réside le vrai maître.
O chère nation, vers qui le genre humain
Se tourne, en souvenir du vieux peuple romain,
Ne sois pas de ceux-là qui, d'une main brutale,
Font sentir aux vaincus la défaite fatale,
Et foulent sans pudeur sous leur pied triomphant
La sainte dignité de l'homme et de l'enfant.
Non, sois le médecin de qui la voix plus douce
Apprivoise d'abord celui qui le repousse;
Règne par l'ascendant du génie et des mœurs,
Sème de la bonté. Ne dis pas : Crois ou meurs !
Laisse à chacun sa foi. Car c'est chose sacrée,
Cette foi qu'à soi-même on s'est tout bas jurée (1).
L'héritage d'honneur et d'actes glorieux
Qu'à cette grande ville ont légué ses aïeux,
Respecte-le, songeant que les nations libres
Tiennent à leur passé par de vivantes fibres.
— Ainsi, viendront vers toi, doucement subjugués,
Ces peuples que la guerre a longtemps fatigués.

(1) On sait qu'Ambroise Paré était huguenot.

Metz, Toul et Verdun sont trois bonnes sentinelles.
L'Empire et l'Empereur ont beau fondre sur elles,
Ils n'écraseront pas sous leurs canons brûlants
Cette France nouvelle attachée à leurs flancs !

SCÈNE IX.

AMBROISE PARÉ, JACQUOT, PUIS DAME MARTHE.

JACQUOT, *allant à la porte du cabinet d'attente où est Marthe, et soulevant la portière.*

A part, à Marthe.

Venez, c'est le moment.

Haut, à son maître.

Monsieur, c'est une dame.

AMBROISE PARÉ, *importuné.*

Plus tard.

JACQUOT , *d'un ton hypocrite.*

C'est que, Monsieur, c'est une pauvre femme
Affligée : après vous elle attendit longtemps.

AMBROISE PARÉ.

C'est autre chose. Amène.

JACQUOT, *bas à Marthe en l'introduisant.*

Epargnez ses instants ;
Le maître a peu de goût pour les longues histoires.

A part, en allant vers l'autre porte.

Je m'en vais prévenir l'homme aux guenilles noires.

Bas à l'inconnu qui paraît un moment sur le seuil.

Monsieur, après la vieille entrez droit par ici.

RODRIGUE, *bas, avec une bourse.*

Bon ; voici ton salaire. Empoche.

JACQUOT, *bas et se courbant.*

Grand merci !

Il laisse retomber la portière sur Rodrigue. Marthe, pendant ce jeu de scène, a rejeté sa cape et s'est approchée d'A. Paré.

MARTHE.

Maître Ambroise Paré, je vous conjure en grâce,
Pour mon fils, mon cher fils ! Il a toute la face
Emportée et brûlée, ayant, sans mon congé,
Rôdé sur le rempart près d'un canon chargé.
La bombarde éclata. Le siège et la misère
Nous minent ; on n'a pas même le nécessaire.
Presque plus de pain blanc, plus de viande. Pourtant,
Ce qu'il faut au garçon, c'est du réconfortunt.
Maître, guérissez-le, vous qui pouvez le faire.

AMBROISE PARÉ.

Madame, c'est à Dieu la principale affaire,
Il y saura pourvoir. Moi, dès ce soir, j'irai
Visiter le malade.

MARTHE.

Oh ! je vous bénirai.

AMBROISE PARÉ.

Votre adresse, Madame ?

MARTHE.

A l'angle de la rue
Vieille-Chapellerie, arcade Fournirue.

Jacquot écrit, sur un signe du maître.

AMBROISE PARÉ.

Et le nom ?

MARTHE.

Dame Marthe-Antoinette Duval,
De son état mercière, à *Jeanne de Laval.*
Une enseigne dorée, en forme de peinture,
Montre la reine Jeanne essayant sa ceinture.

AMBROISE PARÉ.

Mais pourquoi cette enseigne à *Jeanne de Laval ?*
Etes-vous de par là ?

MARTHE.

C'est mon pays natal.

AMBROISE PARÉ.

De la ville elle-même?

MARTHE.

Elle-même. Ma mère
En fut native aussi, comme défunt mon père.
J'ai dû quitter l'endroit pour suivre mon mari,
Et nous étions venus chercher fortune ici.

AMBROISE PARÉ.

Mais nous sommes pays, savez-vous, bonne vieille?

MARTHE.

Si je sais? N'est-ce pas la plus grande merveille
De chez nous qu'un docteur comme on n'en voit pas
                                        [deux,
Savant, et patient, et bon et généreux !

AMBROISE PARÉ, l'interrompant.

Assez parlé; la vie et le temps passent vite,
Et je veux aller voir ce garçon tout de suite.

JACQUOT, inquiet.

Et le souper, Monsieur?

AMBROISE PARÉ.

Parbleu, monsieur Jacquot,
Une fois par hasard, c'est parler comme il faut.
Chez ces braves gens-là, mon souper que j'envoie,
En me réconfortant va les remettre en joie.
Coup double !

JACQUOT, *consterné, à part.*

Et double peine.

MARTHE.

Ah ! cher et bon seigneur !
On nous l'avait bien dit qu'il n'était pas d'honneur
Qui ne fût mérité par votre seigneurie.
Laissez-moi vous baiser les deux mains, je vous prie.

JACQUOT, *à part.*

Décidément, mon maître est très particulier.

AMBROISE PARÉ, *à Jacquot.*

Toi, cours jusqu'à l'office et dis au cuisinier
De venir.

JACQUOT, *du pas de la porte.*

Tout bouillant !

Il rentre l'instant d'après et annonce avec emphase.

Le chef !

SCÈNE X.

LES MÊMES, LE CHEF-CUISINIER.

LE CUISINIER, *poing sur la hanche, très solennel.*

Monsieur me mande ?

AMBROISE PARÉ.

Le menu du souper ?

LE CHEF.

Potage à l'allemande

AMBROISE PARÉ.

C'est-à-dire ?

LE CHEF.

Au bouillon de cheval.

JACQUOT, *à part.*

Quel régal !

LE CHEF.

Du cheval pour entrée, et pour rôt du cheval.
Mais ce n'est pas, au moins, d'un vieux cheval de guerre,
C'est d'un jeune cheval comme l'on n'en voit guère ;
C'est tendre, c'est exquis !

JACQUOT, *à part.*

Oh ! rien que d'y songer,
L'eau m'en vient à la bouche, et je crois en manger.

LE CHEF.

Pour finir, Monseigneur, j'ai mis des côtelettes
De chien, et tout autour, en cordon, les squelettes
De très jeunes souris. Les animaux, céans,
Ne pâtissent pas moins du siège que les gens.
Ah ! Monsieur, ces souris, ce seront les dernières.

Plus de rats au marché, plus de chats aux gouttières,
Tout est raflé, mangé.

*Il se mouche bruyamment et sort avec la même solennité
qui a marqué son entrée.*

SCÈNE XI.

LES MÊMES, *moins le chef.*

AMBROISE PARÉ.

C'est bien. Maître Jacquot,
Puisque notre souper est tout prêt et tout chaud,
Tu rangeras les plats au fond d'une corbeille,
Et n'omets pas le vin.

Jacquot fait des signes d'adhésion bien sentie.

Une fine bouteille
Tient le cœur en liesse et le corps en santé,

Sévèrement, à l'adresse du valet.

Pourvu que l'on en use avec sobriété.
Tu porteras le tout chez Madame, à l'enseigne
De Jeanne de Laval.

JACQUOT.

Tout près du *Cœur qui saigne :*
On connaît bien l'endroit.

Il sort.

AMBROISE PARÉ.

Pour peu qu'un cabaret
Soit proche d'un endroit, Jacquot tout seul irait.

C'est, je crois, un fripon qui boit ce qu'il me vole,
Et je ne donnerais de lui quart de pistole.
Mais je me suis lié, l'ayant pris à Paris.
Ah! les bons serviteurs, on n'en sait pas le prix.

JACQUOT, *de retour, avec une manne sur la tête; air piteux.*

Il neige à gros flocons, mon doux seigneur. Irai-je ?

AMBROISE PARÉ.

Parbleu !

JACQUOT, *navré.*

Ça fera donc du cheval à la neige.

AMBROISE PARÉ, *à Marthe qui a remis sa cape.*

Suivez-le, bonne mère, et si Monsieur Jacquot
N'est pas gentil pour vous, dites-le-moi tantôt.

Sortent Marthe et Jacquot.

SCENE XII.

AMBROISE PARÉ, *puis* RODRIGUE.

Un serviteur vient poser deux flambeaux allumés sur la table.

AMBROISE PARÉ, *au serviteur.*

Que mes hommes de pied s'apprêtent au plus vite.

Le serviteur sort.

RODRIGUE, *sortant du cabinet d'attente.*

Maître Ambroise !... Seigneur !

Il fait des révérences.

AMBROISE PARÉ.

Quelle est cette visite ?

RODRIGUE.

Je ne viens pas pour moi ; je n'ai, grâces aux dieux,
Rien qui ne soit très sain des orteils jusqu'aux yeux.
Bons poumons, bonne tête et surtout bonne rate.

AMBROISE PARÉ.

Au fait, Monsieur.

RODRIGUE.

La fièvre est une scélérate
Qui jamais n'approcha de ce charnel logis.
Mais mon maître, Monsieur, mon maître ! j'en rougis.
Pauvre tempérament, complexion débile.
Tantôt ce sont les reins et tantôt c'est la bile.
Podagre jusqu'aux os.

AMBROISE PARÉ, *à part, défiant.*

Où veut bien en venir
Cet aigrefin ? Voyons.

RODRIGUE.

Monsieur, pour en finir,

Si vous pouviez le voir, vous verseriez des larmes,
Il en tire aux rochers! Il a porté les armes
En Europe, en Afrique, au levant, au ponent,
De tout quoi, le pauvre homme, il lui cuit maintenant.
Donc ce grand et cher maître, à la souffrance en proie,
Près de Votre Excellence en messager m'envoie
Vous prier de venir en hâte à son secours ;
Et comme le voyage est d'un assez long cours
Et fort dispendieux, il n'est que juste, en somme,
Qu'il verse entre vos mains une assez grosse somme,
Soit trente mille écus, partie en pièces d'or,

Il pose une bourse sur la table.

Et p. tie en papier, sur Lucca Boccador,
Ou sur Függer d'Augsbourg.

Il pose un portefeuille.

Et voici votre compte :
Le tout payable à vue et sans aucun escompte.

AMBROISE PARÉ.

Quoi ! trente mille écus pour un voyage ? à moi ?
Mais cette somme-là, c'est la rançon d'un roi,
Et sauf le roi de France ou bien l'Empereur Charle...

RODRIGUE, *tête nue, avec une grande révérence.*

Monsieur, c'est l'Empereur au nom de qui je parle.

AMBROISE PARÉ.

Vous dites l'Empereur Charles-Quint ?

RODRIGUE.

Oui.

A part.

Voici
Le moment périlleux : s'il avale ceci,
Victoire ! S'il renâcle, alors je suis un homme
De qui la peau vaut moins qu'épluchure de pomme.

AMBROISE PARÉ.

Monsieur, je doute encore et veux douter toujours ;
Mais si j'ai bien suivi le fil de vos discours,
Il s'agit de quitter cette ville affamée,
Metz où le canon tonne, et le duc, et l'armée,
Ambulance, hôpitaux, soldats sains ou blessés,
Tout ce qui se confie à mes soins empressés,
Tout ce que j'aime enfin, tout, jusqu'à la Patrie,
Dont la voix maternelle en ce moment me crie,
Pour faire quoi ? Pour fuir au camp de l'Empereur,
Prêter vie à son corps et force à sa fureur,
Tourner contre les miens, dignes soldats de France,
Ce don que j'ai reçu d'apaiser la souffrance ;
Sur le fumier fangeux d'une défection
Me rouler, me vautrer dans mon abjection,
Substituer au nom sous qui l'on me renomme,
Celui de déserteur et de misérable homme,
Et mériter enfin l'abominable affront
Qu'on me crache à la face ou qu'on me marque au front !

Marchant droit sur Rodrigue.

Vous ne savez donc pas que vous jouez un rôle,
Monsieur, d'entremetteur, de mouchard et de drôle !

RODRIGUE, *flegmatiquement.*

Je le savais, Monsieur.

AMBROISE PARÉ.

L'on ne vous a pas dit
Que c'était un métier d'infâme et de maudit !

RODRIGUE.

Rien n'est vil à nos yeux quand l'Empereur commande.

AMBROISE PARÉ.

Alors, ma conscience est mauvaise allemande,
Car si le roi Henri m'envoyait demander
De ces choses qu'en face on n'ose regarder,
Je lui répondrais : Sire, allez en chercher d'autres,
Et ne confondez pas leurs noms avec les nôtres.

> *Moment de silence, pendant lequel Paré marche avec
> agitation. — Pantomime de Rodrigue signifiant qu'il
> a affaire à un fou. — Il rempoche l'argent.*

AMBROISE PARÉ, *revenant près de Rodrigue, du ton de l'homme
dont le parti est pris.*

Un dernier mot, Monsieur. S'il arrive, par cas,
Qu'un de ces malheureux affamés de ducats,
Qui s'offrent, toujours prêts, pour les tâches indignes,
Soit pris par vos soldats en dedans de vos lignes,
Qu'en faites-vous alors ? — La chose a son péril :
Réfléchissez.

RODRIGUE, *avec fanfaronnade.*

Nous le pendons.

AMBROISE PARÉ.

> Ainsi soit-il.
Vous avez prononcé la sentence suprême.

Plus haut et tourné vers la porte.

Holà, mes gens ! qu'on pende ici monsieur lui-même.

> *Paraissent des serviteurs armés, qui s'apprêtent à
> mettre la main sur Rodrigue : ce dernier perd, à
> cette vue, toute son assurance et se jette aux pieds
> d'Ambroise Paré.*

RODRIGUE, *larmoyant.*

Par grâce, Monseigneur, ne faites pas mourir
Un pauvre diable ayant huit enfants à nourrir !

AMBROISE PARÉ.

Ah ! je le savais bien que sa chienne de face
Laisserait à la fin la morgue et la grimace,
Et que je le verrais, lâche comme ils sont tous,
Se traîner à mes pieds et baiser mes genoux.
Soit, je veux bien encor vous laisser un refuge :
J'avertirai le duc, et vous l'aurez pour juge.

> *Aux gardes.*

Conduisez-le tout droit au cachot de la tour,
Et si quelque bombarde éclate dans la cour,
Puisse un pesant quartier lui fracasser la tête.
C'est, de toutes les morts, pour lui la plus honnête.

> *Rodrigue sort, emmené par les gardes.*

SCÈNE XIII.

AMBROISE PARÉ, *seul.*

Ils voulaient m'acheter et pensaient bien m'avoir
En y mettant le prix. Qu'est-ce que le devoir ?
Une convention. L'important c'est la somme.
Combien la conscience et l'honneur de cet homme ? —
C'est tant et tant. — Allons, à l'enchère ! — Adjugé !
Sire, j'en suis honteux pour vous ; c'est mal jugé.
Vous flétrissez du nom de malfaiteur insigne
Le soldat qui déserte et trahit sa consigne.
Eh bien, tout médecin en France est un soldat,
Lequel croirait trahir sa tâche et son mandat
S'il désertait le camp où son drapeau l'attache,
Et tout l'or du Pérou n'ôte pas une tache.

> *S'arrêtant un moment devant le buste d'Hippocrate.*

Il m'arrive aujourd'hui même chose qu'à toi,
O mon maître Hippocrate ; es-tu content de moi ?

SCÈNE XIV.

AMBROISE PARÉ, UN SERVITEUR DU DUC DE GUISE,
PUIS LE DUC LUI-MÊME.

LE SERVITEUR.

Maître Ambroise Paré, le duc est sur ma trace,
Il vous vient visiter.

> *Bruit de clairons et de tambours au dehors : Ambroise
> Paré se porte au-devant du duc. Celui-ci entre, suivi
> de quelques officiers qui restent dans le fond.*

AMBROISE PARÉ.

Ah ! prince, quelle grâce,
Et quel honneur pour nous !

LE DUC.

Encore un de tes traits,
Docteur ! mais pour l'apprendre il faut venir exprès :
Tu viens de refuser l'offre d'une fortune.

AMBROISE PARÉ.

Monseigneur, épargnez...

LE DUC.

Oui, l'éloge importune
Les hommes tels que toi. Plus elle a de grandeur,
Plus, sur cette matière, une âme a de pudeur.
Mais il est d'autres bruits qui courent dans la place :
Ton courage empêcha la vile populace
De nous déshonorer par un assassinat.
On célébrait le fait tout à l'heure au sénat.
Deux bonnes actions pour la seule journée !
Titus à moins de frais avait cause gagnée.
Il faudra qu'Amyot te loge en son recueil.

Familièrement, en lui passant un bras sur l'épaule.

Soupe avec moi, mon maître. On a certain chevreuil...
Ne me dénonce pas, c'est de la contrebande.
J'ai Beaumont, Salignac, Bussy, toute une bande.
Viens, nous te distrairons.

AMBROISE PARÉ.

Seigneur, je le voudrais,
Mais il est certains soins...

LE DUC.

Bon ! je te laisserais,
Dès le souper fini, courir à tes affaires.

AMBROISE PARÉ, *embarrassé.*

C'est que ce sont des soins urgents et nécessaires.

LE DUC.

Ça, voyons, maître Ambroise, ou tu fais des façons,
Et j'ai lieu de m'en plainde, — ou tu bats les buissons.
Sauf le cas d'une dame...

AMBROISE PARÉ.

Eh bien! c'est une dame
Chez qui je dois souper.

LE DUC, *riant.*

Oh ! oh ! l'honnête femme,
Et le bon huguenot, mon maître, que voilà !
Je ne te savais pas si galant que cela.

AMBROISE PARÉ, *sérieux.*

Monseigneur, j'eus grand tort de vous prêter à rire;
Cette dame, — d'abord j'aurais dû vous le dire; —

Est une bonne vieille, une payse, quoi !
De qui l'enfant se meurt et qui compte sur moi
Pour conjurer le mal. Enfin, que vous dirai-je ?
Ce sont de pauvres gens affamés par le siège,
Et je leur fis porter mon souper.

LE DUC.

      Et de trois,
A dix, comme l'on dit, nous ferons une croix.
Va donc où l'on t'attend, puisque la nappe est mise,
Et tâche d'y porter la guérison promise.

  Il oblige Ambroise Paré à sortir le premier ; les
  officiers se rangent pour les laisser passer.

LE DUC, *s'arrêtant un moment sur le seuil.*

Saluez-le, Messieurs, ce maître, ce savant;
C'est l'honneur en personne, et le devoir vivant.

LE LIBÉRATEUR DE L'ALSACE

XVIIe SIÈCLE

PERSONNAGES

PREMIÈRE ET DEUXIÈME JOURNÉE

LE MARÉCHAL DE TURENNE.
FOUCAULT, LIEUTENANT-GÉNÉRAL SOUS SES ORDRES.
LE MARQUIS DE LA FARE, ⎞
DE BIRAN,   ⎟ OFFICIERS DE L'ÉTAT-MAJOR DU
DE PESNE,   ⎠   MARÉCHAL.
JEAN GAUTIER, BERGER ALSACIEN.
UN ESPION.
OFFICIERS ET SOLDATS.

LE LIBÉRATEUR DE L'ALSACE
(1674-1675)

PREMIÈRE JOURNÉE
LE PLAN DE MONSIEUR DE TURENNE

L'action se passe dans les derniers jours de décembre de l'année 1674. La scène représente le camp du maréchal de Turenne aux environs de Belfort. Grande baraque en planches servant de logement au maréchal. Pièce au rez-de-chaussée, servant à l'état-major. Une table encombrée de cartes; sièges rares. Un poêle alsacien bien ronflant. Au lever du rideau, deux officiers y font sécher leurs bottes toutes fumantes de neige fondue.

SCÈNE I.

DE BIRAN, DE PESNE, *officiers de l'état-major du Maréchal, causent autour du poêle.*

BIRAN.

Y comprenez-vous rien ? Lui, Monsieur de Turenne,
Tourner dos à l'Alsace et rentrer en Lorraine;
A ces gueux d'Allemands, d'emblée, abandonner

Tout le terrain qu'on eut tant de peine à gagner !
Passer le Rhin, la Zorn, puis les Vosges ! — de Pesne,
Qu'en pensez-vous, mon bon ?

DE PESNE.

Oh ! moi, j'arrive à peine,
Et ne suis pas au fait des derniers incidents.

BIRAN.

Eh bien, figurez-vous l'ennemi sur les dents,
Frotté, brossé, rossé de toutes les manières,
Et n'osant plus bouger, tant les coups d'étrivières
Pleuvaient dru sur son dos. Ce pauvre Caprara,
Leur fameux général, longtemps s'en souviendra.
Nous l'avons houspillé, malmené, Dieu sait comme,
Et s'il n'est pas content, je l'irai dire à Rome.
Mais tout passe ici-bas. Par le pont de Strasbourg,
Survient, tambour battant, Monsieur de Brandebourg,
Avec un escadron de dames pour escorte.

DE PESNE.

De dames, dites-vous ? Pourquoi faire ?

BIRAN.

On rapporte
Qu'elles ont fait projet d'aller jusqu'à Paris,
Apprendre le bon ton avec nos beaux esprits,
Et le joli langage et les belles manières.

DE PESNE.

Elles en ont besoin, les nobles douairières,
A ce que l'on prétend. — Ah ! vous aimez le bal ?
Nous vous en donnerons un fort original.

BIRAN.

C'est ce que nous disions ; on attendait à l'œuvre
Monsieur le Maréchal : une belle manœuvre,
Et l'on jetait du coup tous ces gens dans le Rhin.
Déception ! jugez d'ici notre chagrin :
Repasser la montagne, évacuer l'Alsace,
Patauger dans la neige ou glisser sur la glace,
Etat-major fourbu, régiments éreintés,
Et voilà le tableau de nos calamités.

DE PESNE.

Et Turenne ?

BIRAN.

Impassible. On n'imagine guère
Ce que peut ruminer le vieil homme de guerre.
Pourtant, hier au soir je le voyais d'ici,
Penché sur une carte, et, fronçant le sourcil,
Mesurer du compas et des yeux la distance
Vers je ne sais quel point. Se croyant seul, je pense,
Il dit presque tout haut : « Cela va bien, très bien,
Et pour cette fois-ci, je pense qu'on les tient. »

DE PESNE.

S'il a dit ces mots-là, mon cher, soyons en joie.
La bête n'est pas loin, la meute est sur la voie :
Je crois au Maréchal comme l'on croit à Dieu.

BIRAN.

Pourtant l'Alsace souffre et cuit à petit feu.
Brandebourg tient Colmar et Caprara Mulhouse (1).
Si l'un pille un quartier, l'autre, qui le jalouse,
En pille deux ou trois. Ce n'est qu'une clameur
Sur toute cette engeance et sa rapace humeur.

DE PESNE.

Oh ! les invasions ! quel fléau ! quelle tuile !

BIRAN.

Sans compter que les chefs sur le feu versent l'huile,
Et font sur tout main basse.

DE PESNE.

On dit Louvois monté
Contre le Maréchal.

BIRAN.

Et le roi ?

DE PESNE.

Dérouté.

(1) Mulhouse était alors république indépendante.

BIRAN.

Oui, d'après les rumeurs qui courent dans l'armée,
La cour est mécontente et la ville alarmée.

DE PESNE.

Dans la province aussi l'on a de grands émois.
On m'a conté le trait d'un fermier champenois,
Lequel, ces temps derniers, chez son propriétaire
Allant signer son bail, a requis le notaire
D'insérer un article assez particulier :
« Item, ledit preneur pourra résilier,
« Et sans frais ni dédit vider ledit domaine,
« S'il arrive malheur à Monsieur de Turenne. »

BIRAN.

C'est unique, mon cher, ce que vous dites là,
Et qui veut de la gloire authentique, en voilà !

DE PESNE.

Il faut conter le trait au Maréchal.

BIRAN.

                              Je doute
Qu'il vous en sache gré. L'air dont il vous écoute,
Lorsqu'on le veut louer, est contraint et piteux,
Et l'on ne vit jamais grand homme si honteux.
Il semble demander grâce d'une victoire,
Et porte gauchement le fardeau de sa gloire.

Bruit de pas, de voix, d'armes et de clairons.

DE PESNE, *allant voir.*

Eh ! quel bruit dans le camp ! C'est lui qui s'en revient
Avec La Fare.

SCÈNE II.

LES MÊMES, LE MARQUIS DE LA FARE, *très élégant, perruque
blonde.*

LA FARE, *secouant ses habits tout couverts de neige et s'approchan
du poéle, à la chaleur duquel il expose son manteau.*

Brr ! vent de loup, froid de chien,
Temps d'Allemands. Il neige à pleines avalanches.
Ma perruque et ma cape en restent toutes blanches.

*Il tire un petit miroir et refait avec un peigne de
poche les boucles de sa perruque et les pointes de sa
moustache.*

DE PESNE.

Monsieur le Maréchal est sorti par ce temps ?

LA FARE.

Monsieur le Maréchal n'a pas plus de vingt ans
Quand sonne la corvée, et lorsqu'il fait visite
Aux bivouacs du soldat, il éreinte sa suite.
Il faut goûter la soupe, ou la viande, ou le pain,
Chercher un campement moins humide et plus sain,
Apprendre des soldats s'ils touchent bien la paye,
Et régaler d'un mot, à défaut de monnaie.

SCÈNE III.

LES MÊMES, TURENNE.

TURENNE, *à la cantonade.*

Allons, c'est bien, merci, mes enfants; retournez
A vos cantonnements.

En scène avec bonhomie.

Ils se sont obstinés
A me servir d'escorte. Ils ont coupé des gaules
Et m'ont voulu porter à six sur leurs épaules,
Pour m'épargner la route.

LA FARE.

Ils ont même ajouté,
Monsieur le Maréchal, en bonne vérité,
Que vous étiez leur père. Or, un père qu'on aime,
Quand on veille sur lui, l'on veille sur soi-même.

TURENNE, *brusque et gêné.*

C'est bon, c'est bon.

LA FARE.

Enfin, pour comble de méfait,
Quatre d'entre eux, ôtant leurs capotes, ont fait

Une espèce d'abri par-dessus votre tête,
Ce qui n'est pas de trop contre cette tempête.

TURENNE , *fâché.*

Monsieur, assez parlé de moi comme cela.

Entre un officier.

SCÈNE IV.

LES MÊMES, UN OFFICIER, *puis un* ESPION *déguisé en mendiant.*

L'OFFICIER , à *Turenne.*

Monseigneur, un pauvre homme, un mendiant est là,
Qui se dit attendu. Voici ce qu'il apporte.

Il remet à Turenne une pièce de métal.

TURENNE , *examinant la pièce.*

C'est bien cela, qu'il entre.

A Biran et à de Pesne.

En avant de la porte,
Messieurs, montez la garde.

A La Fare.

Et vous , marquis, restez.

*Entre un gueux, sale et déguenillé ; l'officier qui l'a in-
troduit se retire. Biran et de Pesne se montrent de temps
en temps à la porte, l'arme au bras.*

LA FARE , *à part, montrant la chaussure de l'espion.*

Il a sans doute un grade aux bataillons crottés.

SCÈNE V.

TURENNE, LA FARE, L'ESPION.

TURENNE, *à l'espion.*

Le mot?

L'ESPION, *d'une voix de rogomme.*

Turba ruit...

TURENNE, *achevant.*

ou ruunt.

LA FARE, *à part.*

Despautère
Serait bien étonné de ce qu'on lui fait faire.

TURENNE.

Vous venez?

L'ESPION.

De Colmar.

TURENNE.

Que faisait Brandebourg?

L'ESPION.

Bombance.

TURENNE.

Et le Lorrain ?

L'ESPION.

Bombance.

TURENNE.

                                        Mecklembourg,
Et les autres ?

L'ESPION.

Bombance.

TURENNE.

                    Ah çà ! mais tout ce monde
Ne songe donc qu'à paître ? Attendez, race immonde,
Qui dévorez l'Alsace et courez vous gorger
Sur elle, comme chiens sur un os à ronger !
Nous vous forcerons bien à lâcher cette proie.

        A l'espion.

Leurs gens ?

L'ESPION.

Commé les chefs s'en donnent à cœur joie.

TURENNE.

Leurs camps ?

L'ESPION.

Un peu partout; chacun a son canton,
Sans souci du voisin.

TURENNE.

Et de nous, que dit-on?

L'ESPION.

Que la peur vous a fait gâter vos hauts-de-chausse.

LA FARE.

Mordieu !

Mouvement de La Fare, que Turenne réprime d'un geste

L'ESPION

Tant qu'à la fin vous êtes hors de cause.

TURENNE, *se frottant les mains.*

A merveille !

A Biran et de Pesne, qui paraissent sur le seuil.

Messieurs,.qu'on lui donne à manger,
Et qu'on le garde à vue. Il ne doit déloger
De huit jours. A Colmar il touchera sa paye.

L'ESPION, *tendant la main.*

Un acompte, Seigneur ! ni tabac, ni monnaie
Dans ma poche.

TURENNE, *sévèrement*.

A Colmar !

Sur un signe de lui, de Pesne et Biran emmènent l'espion.

SCÈNE VI.

TURENNE, LA FARE.

LA FARE.

A Colmar, Monseigneur ?
J'aurais cru Besançon plus près, sur mon honneur !

TURENNE.

Eh bien, sur votre honneur vous vous trompiez, La Fare.
Je ne suis pas de ceux qui sonnent la fanfare
Avant d'avoir mis bas la bête ; mais je croi
Que nous allons donner contentement au roi,
Et je puis dire à vous, en toute confidence,
Que ces ivrognes-là n'ont guère de prudence
Qui mènent leur orgie aussi près de la mort.
Il devra leur en cuire, ou je me trompe fort.
Voyez-vous bien, j'ai fait comme le jeune Horace
Du poète Corneille. En fuyant, sur ma trace
Je dispersais les gens. Seulement Brandebourg
M'a forcé, le coquin, à faire le grand tour.
Il me craint par le nord, par le midi j'arrive ;
Je les prends à revers.

LA FARE, *subitement illuminé, se donne un grand coup de poing sur le front ; à part.*

O cervelle rétive !

Haut à Turenne, avec une explosion d'enthousiasme.

Monseigneur, Monseigneur, vous êtes un héros !

TURENNE, *grondeur.*

La Fare !

LA FARE.

Un Dieu !

TURENNE, *même jeu.*

La Fare !

LA FARE.

Et nous sommes des sots.

TURENNE, *riant.*

Bon, vous exagérez d'une et d'autre manière.

LA FARE.

Oh ! n'avoir rien compris à cette grande guerre !
Un mouvement tournant d'une sublime ampleur !
Toutes les Vosges, quoi !

TURENNE, *s'animant.*

D'abord, comme un voleur,

6*

Sur ce cher Caprara je tombe : à lui la balle.
Nous le coupons en deux ; un tronçon fuit vers Bâle,
Et l'autre est notre proie, ou, sur les champs épars,
Reste immobilisé derrière des remparts.
Après quoi...

LA FARE, gaîment.

...C'est un jeu pour Monsieur de Turenne
De réduire à néant Brandebourg et Lorraine.

TURENNE, d'une voix grave.

Non pas, Monsieur, non pas. C'est le jeu le moins sûr
Que celui de la guerre, et, mis au pied du mur,
Le plus lâche ennemi s'y montre redoutable.
A moins qu'ils n'aient laissé tout leur courage à table,
Ces gens se défendront, comme le sanglier
Ou le cerf aux abois.

Avec une sorte de mélancolie qui va crescendo.

Ah ! le rude métier
Que le nôtre, marquis ! vous comptez par journées,
Jeune homme, heureux jeune homme ! A moi quarante
[années
De guerres ont blanchi le chef, ployé le corps,
Et je viens à penser que parmi tant de morts,
Tant de nobles trépas j'aurai mon tour peut-être.
Un boulet de canon — le Seigneur est le maître —
Vous attrape en plein cœur. On jette vers les cieux
Deux ou trois grands soupirs, et l'on ferme les yeux.
Que reste-t-il de nous ? un peu de renommée,
Juste autant qu'ont laissé de cendre et de fumée
Ces feux de la Saint-Jean par un pâtre allumés,
Et par le vent du soir si vite consumés.

Autrefois, je rêvais pour tombe une victoire,
Car le plomb scelle bien une jeune mémoire,
Et les pleurs des soldats qu'on a menés jadis
Sont, pour leur général, un beau *De profundis.*
Mais, par les ans mûri, j'ai pris d'autres pensées.
Il est temps de songer à ses erreurs passées,
Au compte que, demain, l'on devra rendre à Dieu.
Ah ! La Fare, le jour qu'il faudra dire adieu
A vous, à tous les chefs, à ma vaillante armée,
Ce jour sera cruel, car je l'ai bien aimée.

> *Sonnerie de clairons au dehors. — Marche militaire.*
> *— Turenne met vivement la main sur la garde de son*
> *épée.*

Mais ce n'est pas ce soir ni demain ; j'ai d'abord
A renvoyer chez eux ces barbares du Nord.
Ni trêve, ni repos pour nous tant que leur race
Te foule sous les pieds, noble terre d'Alsace.

> *Il s'élance au dehors, suivi de La Fare.*

DEUXIÈME JOURNÉE

LA BATAILLE DE TURCKHEIM

L'aube du 5 janvier 1675 vient de se lever ; il fait un froid très vif. On est sur une hauteur, en avant de Colmar. On découvre de là les lignes ennemies, très épaisses sur le centre, et couvertes de tranchées, de palissades, d'artillerie ; liées à Colmar par de forts détachements, et diminuant de nombre et d'importance du côté de Turckheim, petite ville à trois lieues à l'ouest de Colmar, au pied de la montagne.

La scène représente un terre-plein en avant du camp français, dessiné par des noyers sans feuilles. Une pile de tambours sert de table et supporte des cartes déployées, des lunettes.

Au lever du rideau, Turenne et son état-major tiennent conseil. Ils sont debout, et drapés, à cause du froid, dans leurs grands manteaux d'ordonnance. Sentinelles en faction sur le rebord du plateau. Bruits d'hommes, de chevaux et de fourgons dans le lointain.

SCÈNE I.

TURENNE , FOUCAULT , VAUBRUN, LIEUTENANTS GÉNÉRAUX DANS L'ARMÉE DE TURENNE, LA FARE, BIRAN, DE PESNE, OFFICIERS,

FOUCAULT.

Mon avis, Maréchal, c'est de brusquer l'attaque
En nous jetant de front, là, vers cette baraque,
Sur le centre ennemi.

Turenne devant Colmar et Turckhe'm.

TURENNE.

Foucault, c'est hasardeux.
Sacrifier mes gens ! d'abord, j'ai besoin d'eux,
Et supporterais mal des pertes un peu graves ;
Puis, j'aime ces enfants si résignés, si braves.
Ils m'appellent leur père et n'ont pas tort : je sens
Mon amitié pour eux s'accroître avec les ans.
Je ne suis pas de ceux qui gagnent à coups d'hommes
Des batailles d'enfer. Restons ce que nous sommes,
Bons ménagers du sang qui nous fut confié,
Et ne nous faisons pas des âmes sans pitié.
Vaillance et dévoûment à la fin ont des bornes.
Pourquoi prendre d'ailleurs le taureau par les cornes ?
Brandebourg a couvert son centre de canons
Et de retranchements très forts; donc raisonnons :
C'est de ce côté-là qu'il attend la bataille,
Il espère écraser à force de mitraille
Nos braves régiments. Halte-là ! C'est le cas
De manœuvrer, ou bien je ne m'y connais pas.
Oui, jouer très serré c'est l'unique ressource.
Ce grand ruisseau de Fecht arrive de sa source
Par le val Saint-Grégoire. Il passe quelque part
A gauche vers Turckheim, dont il suit le rempart.
J'ai fait la guerre ici du temps de ma jeunesse ;
Il n'est pas un clocher que je ne reconnaisse,
Et comme le portrait d'un ami bien-aimé,
Le relief du sol en moi s'est imprimé.
Ce n'est pas à Colmar qu'est le nœud de la chose,
Encor moins devant nous. C'est à Turckheim, et j'ose,
Si le ciel veut bénir le vieux drapeau français,
Vous prédire, Messieurs, un assez beau succès.
Nous laissons devant nous, en avant de ces croupes,

Pour amuser les yeux, un bon rideau de troupes ;
Puis, filant par derrière insidieusement,
Nous enlevons Turckheim, lequel, en ce moment,
Paraît très mal gardé. Turckheim à nous, l'affaire
Du coup est dans le sac, et le mieux qu'aient à faire
Lorraine et Brandebourg, c'est de gagner, bon train,
Par le pont de Strasbourg l'autre rive du Rhin.
Car de garder Colmar et tenir la campagne
Avec nous dans leur flanc, postés dans la montagne,
Et pouvant chaque jour leur tomber sur les bras,
C'est, à moins d'être fous, ce qu'ils n'oseront pas.

FOUCAULT.

Monseigneur, un seul mot. Comment, par quelle route
Abordez-vous Turckheim ? De face ?

TURENNE.

                              Non, sans doute,
Par ces montagnes-ci. Nous allons contourner
Le grand vallon du Fecht.

FOUCAULT.

                              Eh quoi ? nous enfourner
Dans ces longs défilés ? Jamais l'artillerie
Ne s'en pourra tirer, ni la cavalerie.

TURENNE.

C'est ce qu'il faut savoir.

A de Pesne.

Amenez le berger,
Le petit Jean Gautier; je veux l'interroger.

De Pesne sort.

Ce petit garçon-là, qui n'est pas une bête,
A beaucoup de bon sens dans sa petite tête.
De plus, comme sa poche il connaît le pays;
Enfin, les Allemands en sont très fort haïs,
Ayant tué ses chiens et pillé son étable.
Il a l'étoffe en lui, sinon d'un connétable,
Mais d'un bon officier. Regardez Beck, mon cher,
Qui, parti d'aussi bas, commence à bien marcher :
Il a très brillamment enlevé tous ses grades,
Et vous êtes pour lui d'excellents camarades.
Voyez-vous, la santé, la force, le bon sens,
C'est notre meilleur fonds, et nos bons paysans
N'en possèdent pas moins que l'habitant des villes.
Etrangers comme ils sont aux discordes civiles,
Ils mûrissent à point, sans hâte, comme un fruit
Qu'on cueille en sa saison. Ça ne fait pas grand bruit,
Ça ne s'agite pas sans but et sans vergogne,
Mais ça fait bravement une brave besogne.
Je flaire dans Gautier un futur colonel.

Arrive Jean Gautier, rejoint plus tard par de Pesne.

SCÈNE II.

LES MÊMES, JEAN GAUTIER, *costume de berger alsacien, avec une grande cape de laine noire par-dessus. Il est en sueur et s'essuie le front.*

JEAN GAUTIER, *essoufflé et le chapeau à la main.*

Me voici, Monseigneur, j'accours à votre appel.

TURENNE, *amicalement.*

Jean Gautier,... mais d'abord il faut reprendre haleine.
Il aura galopé comme cheval en plaine
Pour nous joindre plus tôt. Je le reconnais là,
Le bon petit garçon. Ami Gautier, voilà :
J'ai besoin d'envoyer tantôt, par ce passage,
Du canon, des chevaux, des hommes : est-ce sage ?
Et ne risque-t-on pas de rester embourbé ?

JEAN GAUTIER.

Ma foi, si par malheur la pluie *avait* tombé
Au lieu de la gelée, on courrait quelque risque
De fouiller dans le tas sans amener de brisque.
Mais la bonne gelée, et celui qui la fait,
Auront su, Monseigneur, que c'était votre fait,
Des terrains bien durcis, des routes bien unies :
Donc allez-y sans peur, vous et vos compagnies.

TURENNE.

Foi d'homme, Jean Gautier?

JEAN GAUTIER, *levant la main.*

Non : foi d'Alsacien.
Car des hommes, j'en sais qui valent moins qu'un chien.

Montrant le poing au camp des Allemands.

Des pillards, des bandits. Mais que l'on y revienne :
Gautier, fils de Gautier, garde un chien de sa chienne.

TURENNE, *aux officiers.*

Quand je vous le disais, Messieurs ? Ces Allemands
N'ont semé que la haine et les ressentiments.
Ils auront pour conduite, au lieu de sérénades,
De braves coups de fourche avec des bastonnades.
Donc, premier point réglé : — Maître Gautier, pour lors,
Le Fecht, devant Turckheim, coule-t-il à pleins bords ?
Est-il guéable ?

JEAN GAUTIER.

Ah ! dame, à cause des ravines,
Je crois qu'on fera bien de prendre des fascines.
C'est des hauts, c'est des bas. Dans ces machines-là,
On a bu son bouillon plus vite que cela.
Mais ça ne manque pas dans nos pays de vignes
Les fagots de sarment. Vous en verrez des lignes,
Et des lignes sans fin. A moins que ces truands
Ne soient, comme de vin, de javelles friands.

TURENNE.

Combien estime-t-on le chemin qu'il faut faire
Pour ?...

Il indique du geste la direction de Turckheim.

LA FARE, *bas à Turenne et vivement.*

Monseigneur, l'enfant saura-t-il bien se taire ?
Etes-vous sûr de lui, pour dévoiler vos plans ?

JEAN GAUTIER, *défiant, à part.*

Que marmotte-t-il là ?

Haut.

Si vos hommes sont lents,
Point pressés, mais soigneux des passes les meilleures,
Vous gagnerez Turckheim à peu près en trois heures.
Sinon, mettez le double.

LA FARE.

Ah ! çà, petit garçon,
Vous calculez le temps d'une étrange façon,
Et votre arithmétique a l'air d'un autre monde.

JEAN GAUTIER.

Que nous veut ce monsieur à la perruque blonde,
Qui vient gloser sur tout et qui glose à l'envers?
Qui se hâte, s'embrouille et fait tout de travers,
C'est connu. Nous avons un proverbe en Alsace,
Lequel dit sensément : « Chaque chose à sa place,
Et place à chaque chose. » Un être intelligent
Discerne le brouillon d'avec le diligent.

TURENNE.

Il vous rive le clou, marquis, bien en droiture,
Car tous ces jeunes chiens ont la dent un peu dure.

LA FARE, *tirant sa bourse.*

Tu me plais, Jean Gautier.

JEAN GAUTIER, *à part.*

Quand eus-je le bonheur
De garder les moutons avec ce grand seigneur ?

LA FARE, *lui offrant une pièce d'argent.*

Il est fier. Allons, prends : un écu de six livres
Vous aide à débrouiller la question des vivres.

JEAN GAUTIER, *qui refuse.*

Seul, Monsieur de Turenne a le droit de payer,
Pour services rendus, Gautier, fils de Gautier.

TURENNE.

Eh bien, petit Gautier, allez à ma cantine
Avec deux doigts de vin tremper une tartine,
Et revenez tout droit : nous partons dans l'instant.

Le retenant, avec effusion.

Et puis, embrasse-moi, tiens ; je suis très content !

Turenne et tous les officiers sortent.

SCÈNE III.

LE BERGER, seul.

JEAN GAUTIER, *avec enthousiasme.*

Je ne changerais pas pour un baiser de reine
Celui qui m'est donné par Monsieur de Turenne.
Si je vais le conduire, et par les bons chemins !
A défaut de ses pieds, l'on irait sur les mains.

Rêveur et le doigt posé sur son front.

Turenne m'embrassant un matin de victoire,
Met sur mon front d'enfant le baiser de la gloire.

Il sort lentement.

PERSONNAGES

DE LA TROISIÈME JOURNÉE

LE BOURGMESTRE DE COLMAR.
LA PETITE MARIE, SA FILLE.
BERGMANN,
WALTER, } BOURGEOIS DE COLMAR.
MICHEL,
THIERRY, ÉCOLIERS.
BRISGAU,
UN CRIEUR PUBLIC.
UN MAJORDOME.
UN PASSANT.
UN PRISONNIER.
VOIX DANS UNE CAVE.
SERVITEURS
BOURGEOIS, MARCHANDS, ÉCOLIERS.

TROISIÈME JOURNÉE

LA DÉLIVRANCE (6 Janvier 1675).

———

Colmar au petit jour. Une petite place d'où l'on aperçoit le faîte de la Cathédrale par-dessus les maisons. Toutes les fenêtres sont hermétiquement closes. Une guérite dans un coin, une malle abandonnée sur une brouette. Silence et solitude absolus. Deux bourgeois, Bergmann et Walter, reviennent d'une ronde avec leur lanterne encore allumée.

———

SCENE I.

BERGMANN, WALTER.

BERGMANN, *soufflant sa lanterne.*

Personne au grand quartier, au Rathaus, à la poste ;
Personne à l'arsenal ; pas un soldat au poste.
Partis ! plus d'Allemands. Délogés sans combat !

WALTER, *même jeu.*

Oh ! rien que d'y penser, mon cher, le cœur me bat.

BERGMANN.

Ils ont pris cette nuit la poudre d'escampette,

Et filé prudemment sans tambour ni trompette.
La peste et la colique accompagnent leurs pas.

WALTER.

Bon voyage, Messieurs, mais n'y revenez pas.

Il se heurte contre la malle placée sur la brouette.

Tiens, l'un d'eux, dans sa fuite, a perdu son bagage.

BERGMANN.

Son bagage, dis-tu ? corrige ton langage.
C'est *nôtre* qu'il faut dire. Au reste, on va bien voir.

*Il fait sauter la serrure avec la lame de son couteau,
et tire de la malle un pêle-mêle d'objets pillés : des
flambeaux, des ustensiles, de l'argenterie. Enfin trois
paquets enveloppés de linge qu'il développe successivement.*

WALTER.

Que d'objets recélés dans ce vieux coffre noir !

BERGMANN.

Tout cela vient de nous, reprenons sans scrupule.
Une pendule ! tiens. Encore une pendule !

WALTER.

Ah ! troisième pendule ! Eh bien, s'il faut juger
Qu'une horloge toujours suppose un horloger,
Notre homme, en son métier, est trois fois passé maître.

BERGMANN.

Oui, métier de voleur.

Ils repoussent la malle dans un coin : la brouette
reste vide, en vue, près de la guérite.

C'est que chez eux, peut-être,
N'ont-ils que des cadrans solaires.

WALTER.

A quoi bon ?
Sous leur ciel barbouillé de brume et de charbon,
Rarement le soleil peut percer les nuages,
Et c'est ce qui les rend si durs et si sauvages.
Vois-tu, Bergmann, vois-tu ? cela vous rend meilleur,
Ce gai soleil de France et sa douce chaleur,
Et ceux-là qu'en tout temps épargne la froidure
Sont les enfants gâtés de la mère nature.

BERGMANN.

A défaut de soleil, ces gens, qui sont de fer,
Ont, pour se réchauffer, des appétits d'enfer.
En ont-ils entonné ! Le vide est dans ma cave.
L'homme que je logeais, tous les soirs, comme un brave,
Tombait gris sous la table invariablement ;
Il y serait encore, et jusqu'au jugement ;
Mais deux de ses amis, à charge de revanche,
Venaient le ramasser. Excepté le Dimanche,
Parce que ce jour-là tous les trois, étant saouls,
Restaient sur le carreau, tous sens dessus dessous.

WALTER.

Enfin, c'est terminé, leur carnaval.

BERGMANN.

Canailles,
Qui vous mettaient l'Alsace au croc, dans leurs ripailles!
Des quartiers de forêts chaque jour tombaient bas
Pour leur rôtisserie, et ne suffisaient pas.

WALTER.

C'est pour eux, non pour nous, qu'on a rempli les
[granges,
Pour eux notre bétail, et pour eux nos vendanges.

BERGMANN.

Nos bons vins de Turkheim, Katzenthal et Sundgau
Allaient désaltérer ces gosiers d'Ostrogoth !

WALTER.

Heureusement Turenne — on n'y comptait plus
[guère —
D'un coup de son épée a terminé la guerre.
De sa grande manœuvre on parlera longtemps.
On dit de lui des faits dignes de l'ancien temps.
Quel héros! on devrait le couler dans le bronze.

BERGMANN, *frappant à la porte d'une maison close et criant.*

Holà, voisin ! — voisin! holà ! — Point de réponse ?
Ils sont barricadés dans leur cave, pour sûr.

WALTER, *prêtant l'oreille.*

Oui, j'entends chuchoter tout près, au pied du mur.

*Le volet d'un soupirail s'ouvre et laisse apercevoir
une face pâle.*

BERGMANN, *parlant dans le soupirail.*

Voisin, montrez-vous donc, les nouvelles sont bonnes,
Les coquins ont filé ; vos prudentes personnes
Ne courent aucun risque. On est victorieux.
Monsieur le Maréchal a châtié ces gueux.

UNE VOIX, *par le soupirail.*

Parole ?

Coup de canon dans le voisinage.

LA VOIX.

C'était faux, car le canon résonne.
Refermons le volet, je n'y suis pour personne.

La face disparaît; le volet se referme brusquement.

BERGMANN.

Si jamais celui-là s'acquiert un grand renom,
Je doute que ce soit à tirer le canon.

*Deuxième, puis troisième coup de canon. Le drapeau
fleurdelisé, hissé sur la cathédrale, se déploie joyeuse-
ment dans les airs. — La foule s'amasse.*

WALTER, *montrant du doigt le drapeau.*

Regardez, regardez : là, sur la cathédrale,
Le vieux drapeau français déroule sa spirale.
Oh ! belles fleurs de lis ! O vaillantes couleurs !
Après trois mois d'exil, trois longs mois de douleurs,
Ça réjouit les yeux de vous revoir encore.
C'était l'ombre, c'était la nuit, et c'est l'aurore !

C'est le retour de ceux qu'on aime ; la fierté
D'un peuple qui reprend sa vieille liberté !
Drapeau chéri, drapeau sacré, chiffon de soie,
Pour qui l'on va se battre et mourir avec joie,
Je respire à longs traits avec tes fleurs de lis,
L'âme de la patrie empreinte sur tes plis !

> *Trois coups de canon saluent le drapeau français,*
> *réintégré sur la cathédrale de Colmar. Le soleil brille*
> *radieux ; les fenêtres s'ouvrent, les murs se pavoisent*
> *groupes d'habitants circulant dans la rue. — Bruit de*
> *trompettes: c'est le crieur public avec ses aides.*

SCÈNE II.

LES MÊMES, LE CRIEUR ET SES AIDES, BOURGEOIS, PEUPLE, ÉCOLIERS.

LE CRIEUR, *déployant une pancarte.*

Au nom du roi Louis, notre gracieux maître,
Bonnes gens de Colmar, notre honoré Bourgmestre
Fait à tous assavoir qu'à midi bien sonnant
Les troupes entreront, et qu'il est convenant,
Vu leurs très grands exploits, que nous leur fassions
[fête.
Monsieur le Maréchal...

Explosion de cris et de bravos.

Se mettant à leur tête,
Par la porte de France au Munster se rendra
Entendre un *Te Deum*, après quoi reviendra
Prendre le vin d'honneur que lui donne la ville.
Le soir, fête de nuit militaire et civile :
Danses, feux d'artifice, illuminations,
Grand spectacle au palais des Quatre Nations,

Exercices à feu, joutes, tir à la cible,
Le tout signé... signé..., signature illisible.

Il roule sa pancarte et reprend sa route.

UNE VOIX.

Vive le magistrat !

BERGMANN.

C'est drôle, ces greffiers
Qu'on paye grassement pour noircir des papiers,
Ça ne fait même pas ses écritures nettes.

WALTER.

Bah ! c'est que le crieur n'a pas mis ses lunettes.

*Ils suivent la foule. Ne reste en scène que le groupe
des écoliers.*

SCÈNE III.

THIERRY, MICHEL, BRISGAU, AUTRES ÉCOLIERS.

PREMIER ÉCOLIER.

Garçons, je suis d'avis d'aller nous bien placer,
Je connais un endroit très bon pour voir passer.

DEUXIÈME ÉCOLIER.

Neuf heures ! C'est trop tôt. Qui veut jouer aux quilles?

Ils s'éloignent.

MICHEL.

Dis donc, Thierry ?

THIERRY.

Quoi donc, Michel ?

MICHEL.

Mes vingt-cinq
[billes!

THIERRY.

A cause?

MICHEL.

Tu sais bien : ne fais pas le nigaud.
Le pari.

THIERRY.

Quel pari ?

MICHEL.

J'en appelle à Brisgau.

THIERRY.

Quel Brisgau ?

MICHEL.

Jean Brisgau, surnommé le Notaire,
Parce que sa mémoire est comme un inventaire,
Vrai, Brisgau, n'ai-je pas, contre Thierry, gagé
Qu'avant l'Epiphanie ils auraient délogé?

BRISGAU.

Eh bien ? l'Epiphanie est du trois.

MICHEL.

Mais la fête
N'a lieu que demain soir. Payeras-tu ta dette ?

THIERRY.

Non, non.

MICHEL.

Tu n'es donc pas un franc Alsacien ?

THIERRY.

Eh ! que suis-je à ce compte ?

MICHEL.

Un Poméranien.

THIERRY, *exaspéré.*

Un Poméranien ! Il a dit, — quelle injure !
Un Poméranien ! Si j'avais sa figure
Au bout du bras... Michel, tu me le revaudras.
        Ils sont sur le point de se battre. Survient un passant.

LE PASSANT.

Allons, petits garçons, qu'on ne se batte pas.

Quand Monsieur de Turenne a délivré l'Alsace,
On dit : Vive la France ! — en chœur, — et l'on s'em-
[brasse.

Il s'éloigne ; il ne reste d'écoliers que Michel et Thierry.

SCÈNE IV.

MICHEL, THIERRY.

THIERRY, *ouvrant son sac de toile.*

Michel, veux-tu manger ? j'ai de quoi pour nous deux.

MICHEL.

Montre. Du cervelas ! Moi, je n'ai que des œufs,
Du beurre et la moitié d'une saucisse frite.
Il faudrait nous asseoir.

THIERRY.

Où ?

MICHEL, *montrant la guérite.*

Dans cette guérite.

THIERRY.

Parfait. Tire la porte, on y sera très bien.

*Michel tire la porte. On aperçoit sur le parquet de
la guérite, roulé sur lui-même, un soldat allemand
profondément endormi, son sabre et son fusil dans un
coin.*

MICHEL.

Tiens, la place était prise. Eh ! là ! — Le citoyen
A le sommeil très fort ou l'oreille très dure.
C'est un Brandebourgeois ? Oh ! la bonne aventure !
Pour mieux cuver son vin, on l'aura laissé là.

Prenant le fusil, puis le sabre qu'il passe à Thierry.

Cueillons d'abord ceci, — c'est prudent, — puis cela.
La bête est désarmée ; en cas qu'elle se cabre,
Nous n'attraperons pas de mauvais coups de sabre.

Tirant de sa poche une pelotte de ficelle.

Maintenant, lions-le. J'ai toujours à souhait,
Rapport à ma toupie, un bon morceau de fouet.

THIERRY.

Du fouet, ça vaut du fer.

MICHEL, *liant pieds et mains au prisonnier.*

Attention là : tire.
Doucement ; pas de mal au captif.

Grognement sourd de l'ivrogne.

THIERRY.

Il soupire.
Je parierais qu'il rêve un souper succulent.

MICHEL.

Pauvre homme ! il a mangé d'avance son pain b'anc.

Se retournant.

Maintenant du renfort. Eh bien, où sont les nôtres ?
Il faut les appeler. Eh ! là ! Venez, vous autres.

THIERRY.

Arrivez, arrivez.

Arrivée successive des écoliers.

Un prisonnier ! Hourrah !

Quelques-uns font mine de lui tomber dessus.

MICHEL.

A bas les mains, et gare à qui le touchera.
On ne tourmente pas un homme sans défense.
Et sommes-nous des Turcs ou des enfants de France ?
Nous l'allons enlever très délicatement,
Et sans lui faire mal le porter gentiment.

Apercevant la brouette.

Parbleu, cette brouette arrive de fortune,
Et nous te bénissons, grande sainte Opportune.

*Quatre écoliers soulèvent avec précaution le prison-
nier par les pieds et les épaules et le déposent dans la
brouette. Michel commande la manœuvre.*

Ensemble : une, deux, trois. Ménagez bien ses os.
En route maintenant.

THIERRY, *prenant les bras de la brouette.*

Pour où ?

MICHEL.

Pour le Rathaus.

VOIX DE L'ALLEMAND, *dans la brouette.*

Wer da ? auf getrunken (1).

MICHEL.

Oh ! c'est à n'y pas croire !

THIERRY.

Quoi ?

MICHEL.

Cet ivrogne-là qui nous demande à boire !

Quatre écoliers marchent en avant, faisant le clairon avec leurs mains en cornet. D'autres escortent la brouette, portant les armes du prisonnier. — Michel commande.

(1) Qui vive? à boire !

SUITE DE LA TROISIÈME JOURNÉE

LE VIN D'HONNEUR.

Une grande salle dans l'hôtel de ville de Colmar. Trophées aux murailles, couleurs de France et d'Alsace. Au fond une estrade richement tendue. Baldaquin en velours fleurdelisé, sous lequel une grande table et des sièges.

Au lever du rideau, le bourgmestre, en grand costume, assis dans un fauteuil, tient un rouleau de papier et achève de faire répéter à Marie, sa petite-fille, le compliment qu'elle doit réciter, au nom de ses compagnes, à Monsieur de Turenne. Marie est en costume alsacien : jupe rouge, corsage brodé d'or, rubans de soie noire en ailes de papillon sur la tête.

SCÈNE I.

LE BOURGMESTRE, MARIE.

LE BOURGMESTRE.

Dis encore une fois, ma petite Marie.

MARIE.

Mais ne me soufflez plus, grand-père. Je parie
Tout réciter d'un trait, et que mon compliment
Va se dévider seul, sans aucun manquement.

Récitant.

« Monsieur le Maréchal. »

    Parlé.

                J'aimerais mieux, grand-père,
« Maréchal, » là, tout court. C'est bien plus militaire.

LE BOURGMESTRE.

Est-ce qu'une bambine a la prétention
D'être plus militaire ? Allons, de l'onction.

MARIE , *récitant.*

« Monsieur le Maréchal, si les petites filles
« Viennent semer des fleurs sous vos pas triomphants...»

    Parlé.

Grand-père, j'aurai donc des fleurs pour les répandre ?
Nous sommes en hiver, où pourrons-nous les prendre ?

LE BOURGMESTRE, *à part.*

Hum ! la remarque est juste, et l'auteur est un sot.
On a de la logique et l'on prend tout au mot,
A cet âge.

    Haut.

        Marie, en vers, on dit les choses
Sous forme de figure, et...

MARIE , *interrompant.*

             J'aime mieux les roses
Que ces figures-là.

Récitant.

« Monsieur le Maréchal... »

Parlé.

Est-ce qu'il m'entendra du haut de son cheval ?

LE BOURGMESTRE.

N'en doute pas, mignonne ; il a l'oreille fine,
Et ce qu'il n'entend pas, son esprit le devine.

MARIE, *câline.*

Alors, c'est comme vous.

LE BOURGMESTRE , *l'embrassant.*

Flatteuse ! — Et ce discours ?
Nous n'aboutirons pas, si tu causes toujours.

MARIE, *récitant.*

« Monsieur le Maréchal, si les petites filles
« Viennent semer des fleurs sous vos pas triomphants,
« Si c'est fête aujourd'hui dans toutes les familles,
« Et si la vieille Alsace embrasse ses enfants... »

Parlé.

J'aime ces deux mots-là, père, « la vieille Alsace. »
On voit distinctement Elle et ceux qu'elle embrasse :
Elle a des cheveux blancs comme bonne maman,
Une belle figure, et, maternellement,
Laisse jouer ses doigts parmi les blondes tresses
De ses petits-enfants enlacés de caresses.

C'est étrange, les mots ; souvent, c'est plus obscur
Et plus mystérieux qu'une ombre sur le mur.
D'autres fois, c'est brillant et clair comme la flamme ;
Ça réjouit les yeux et ça réjouit l'âme ;
Ce ne sont plus des mots, mais des êtres... Comment
Vous expliquer cela ?... doués de sentiment,
Qu'on se figure voir...

LE BOURGMESTRE, *l'interrompant.*

Et moi, qui n'y prends garde,
Je vois que ma fillette est une babillarde,
Qui me fera manquer l'heure du rendez-vous.

MARIE.

Grand-père, n'ayez peur.

On entend trois coups de canon.

LE BOURGMESTRE, *se levant.*

Bon ! voilà les trois coups !
Le cortège est entré par la porte de France,
Et dans le grand faubourg le défilé commence.

Entrent deux petites compagnes de Marie, en costume alsacien comme elle.

UNE PETITE ALSACIENNE , *faisant la révérence au bourgmestre.*

Marie, on nous envoie afin de t'emmener.
Tu t'es mise en retard.

LE BOURGMESTRE.

Je vais l'accompagner.

*Les trois petites filles sortent en se donnant la main :
le* BOURGMESTRE *les suit de loin. Entrent le* MAJORDOME
*et plusieurs serviteurs, chargés de fioles de vin pou-
dreuses et couvertes de toiles d'araignées. Coupes dans
des corbeilles. Ils se mettent à garnir la table du fond.
Ce va-et-vient de serviteurs dure pendant une partie de
la scène suivante.*

SCÈNE II.

LE MAJORDOME, SERVITEURS.

PREMIER SERVITEUR, *déposant une corbeille.*

Marcher et travailler pour Monsieur de Turenne,
Ma foi, c'est un plaisir, on ne plaint pas sa peine.

DEUXIÈME SERVITEUR, *disposant des vases.*

On n'en fera jamais autant qu'il en a fait.

LE MAJORDOME.

Oui, pour bien égaler le salaire au bienfait,
C'est un beau monument qu'il faudrait au grand homme,
Tel qu'on en élevait jadis à ceux de Rome.

Ils reprennent leur travail.

Çà, préparons le vin, le noble vin d'honneur,
Aux soifs de Brandebourg échappé par bonheur.

Dans le commencement, ne s'y connaissant guère,
Il se laissait duper de la belle manière.
En a-t-il dégusté des bas crus de Merxheim
Sous le titre flatteur de nectar de Turckheim !
C'est la foi qui nous sauve en fait de mangerie.
Mais un jour, — eut-il vent de la supercherie,
Ou bien fus-je trahi par quelqu'un de nos gens ? —
Un jour, d'un air sournois et des moins engageants,
Mon homme me regarde et me dit : « Majordome,
Qu'est-ce que ce vin aigre et dépouillé d'arome ?
— Du très vieux Riquevihr, Altesse, et des meilleurs.
Pour l'arome, il en a comme un bouquet de fleurs.
— Vous en êtes certain, Majordome ? — Sans doute,
Altesse. — Il faut alors qu'en personne je goûte
A la source. L'on fait des récits merveilleux
De vos grands souterrains, des foudres fabuleux
Sur les chantiers assis, — vénérables futailles
Qu'épargnèrent pour moi les ans et les batailles.
Donc vous me mènerez demain dans les caveaux. »
Demain ! D'autres soucis et de moins gais travaux,
Heureusement pour nous, attendaient le bon Sire,
Et pour tous ces gloutons c'était fini de rire.
Demain ! C'est nos Français qui vinrent vendanger
Les côtes de Turckheim, et firent déloger
Ces conquérants d'un jour. — De leur soif incivile,
Ainsi j'ai préservé les caves de la ville.
On a vu des exploits plus dignes de renom,
Des faits plus glorieux, — plus difficiles, non !
Et dans le monument qu'érigera l'Alsace,
M'est avis que j'ai droit à ma petite place.

> *Passant en revue les flacons rangés sur la table et*
> *que les serviteurs sont en train de transvaser dans les*
> *aiguières d'or.*

O fioles de cent ans, vieux crus alsaciens,

Qui n'avez pas voulu désaltérer ces chiens,
Enfants de nos coteaux tout verdoyants de vignes,
Versez vos flots ambrés à des lèvres plus dignes,
Et que le noble esprit qui réjouit le cœur
S'échappe en pétillant de la blonde liqueur.

> *Bruit de pas et de voix; rumeurs d'une grande foule ;
> sonneries de clairons, de fifres et de tambours, alter-
> nant avec la voix des cloches sonnées à pleine volée. —
> Par les deux portes du fond, entrent les membres du
> Conseil de ville, le Magistrat, les chefs de corporations,
> avec leurs insignes, bourgeois et bourgeoises en habits
> de fête, peuple, soldats, écoliers endimanchés, etc.*
>
> *En dernier lieu, apparaît* TURENNE, *ayant à sa droite
> le* BOURGMESTRE, *à sa gauche* MARIE, *qu'il mène par la
> main. Il monte sur l'estrade, et prend place à la table,
> derrière laquelle le* MAJORDOME *et les serviteurs se tien-
> nent rangés, avec les aiguières d'or à la main. Ils
> remplissent les coupes. Au moment où* TURENNE *élève
> la sienne et la choque contre celle du* BOURGMESTRE, *le
> canon tonne et l'on agite les drapeaux.*
>
> *Un chœur d'Alsaciens chante les couplets suivants :*

CHŒUR D'ALSACIENS.

*Salut et gloire au drapeau de la France,
Salut et gloire aux soldats valeureux
Qui t'ont fait luire, ô jour trois fois heureux,
Jour du triomphe et de la délivrance !*

*Salut et gloire au héros inspiré
Que la victoire a porté sur ses ailes ;
Couronnez-le de palmes immortelles,
Et que son nom nous soit toujours sacré.*

*Terre d'Alsace, à toi le noble rôle
De bien servir qui t'a su protéger.
Fais sentinelle aux confins de la Gaule,
Et, l'arme au bras, surveille l'étranger.*

Scelle à jamais ton pacte avec la France,
Et si le sort nous venait opprimer,
Ose espérer contre toute espérance,
Sache haïr comme tu sais aimer !

Les deux dernières strophes sont reprises en chœur par toute l'assistance; les mains se lèvent, les bannières s'agitent; la petite Marie, debout sur la table, serre dans ses bras le drapeau de la France : la toile tombe.

LE CUIRASSIER DE MORSBRONN

1870

PERSONNAGES.

L'INSTITUTEUR.

JEAN FOUQUET, CUIRASSIER.

MICHEL,

GEORGES,

PIERRE,   ÉCOLIERS.

PAUL,

UNE SŒUR DE CHARITÉ.

UN VAGUEMESTRE.

GROUPE D'ÉCOLIERS.

Le cuirassier de Morsbronn se fait lire la lettre de ses vieux parents.

LE CUIRASSIER DE MORSBRONN

(1870)

Une salle d'école à demi démeublée. — Cartes de géographie, images pendues aux murs et annonçant seules l'ancienne destination. A gauche, une cheminée, avec un grand feu, table et buffet chargés de fioles, appareil pharmaceutique. Porte de sortie à droite, avec table à portée de la main. Au fond, en face, escalier de quelques marches, conduisant à une porte qui est celle du dortoir de l'ambulance. Ecusson à la croix rouge de Genève, au-dessus de la porte.

La scène se passe dans la petite ville de Chalonnes-sur-Loire, le 10 novembre 1870, lendemain de la bataille de Coulmiers.

SCÈNE I.

MICHEL, *seul, près d'une table où sont plusieurs corbeilles pleines de charpie. Un livre ouvert sous ses yeux.*

MICHEL *lit, tout en faisant machinalement de la charpie.*

« Je suis jeune, il est vrai, mais, aux âmes bien nées,
« La valeur n'attend pas le nombre des années.
« J'attaque en téméraire un bras toujours vainqueur,
« Mais j'aurai trop de force, ayant assez de cœur.

« A qui venge son père il n'est rien d'impossible.
« Ton bras est invaincu, mais non pas invincible. »

Il se lève.

Je ne sais où Corneille a puisé tout cela,
Vraiment, il a des mots qui vous répondent là !

*Il se frappe sur le cœur et reprend les deux derniers
vers avec une variante.*

« A qui venge la France il n'est rien d'impossible.
« Leur bras est invaincu, mais non pas invincible. »

Parlé.

Oh ! grandir, être fort, être homme, avoir vingt ans,
Et mener sa partie avec les combattants !
Faire de la charpie est une très bonne œuvre,
Mais un vieux chassepot qu'on charge et qu'on manœuvre,
Et dont la balle porte à plus de mille pas,
C'est un meilleur moyen de ne s'ennuyer pas !

*Pantomime d'un soldat qui ajuste et qui tire. — Entre
Georges.*

SCÈNE II.

MICHEL, GEORGES.

GEORGES *arrive par la porte de droite ; il a une toupie et son fouet
à la main.*

Ah ! ça, que fais-tu là ?

MICHEL, *qui a regagné sa place près de la table, comme un écolier
pris en faute.*

Tu vois, de la charpie,

GEORGES.

De la charpie ? Et moi qui joue à la toupie,
Comme une bête, là ! Je vais t'aider, mon cher.

Il pose sa toupie sur la table et s'assied.

MICHEL.

Si tu le veux.

GEORGES.

                    Oui, mais d'abord tirons au clair
Certains détails obscurs. Qu'avez-vous fait du maître
Et des amis ? — Absent, comme tu sais peut-être,
Depuis quinze ou vingt jours, quand je suis revenu,
Je ne m'y suis, mon cher, plus du tout reconnu.
J'arrive ce matin dans la cour, rien n'y bouge;
Sur la porte, un drapeau barré d'une croix rouge.
Aux carreaux de la classe, alignés en feston,
Tout un blanc régiment de bonnets de coton.

MICHEL.

Oui, ce sont nos blessés.

GEORGES.

                    Quels blessés?

MICHEL.

                              L'ambulance
Que le maire installa.

GEORGES.

Quand donc?

MICHEL.

En ton absence.
Il vint nous voir un jour et nous dit : « Mes garçons,
Vous ne recevrez plus que deux ou trois leçons.
Les classes fermeront la semaine prochaine. »

GEORGES, *étourdiment, battant des mains.*

Oh ! la bonne nouvelle et l'agréable aubaine !

Ils se lèvent.

Ainsi, plus de devoirs, plus de grammaire, plus
De problèmes cherchés, rarement résolus.
Au lieu de tout cela, l'enfance prisonnière
Fait, du matin au soir, l'école buissonnière
Et fête dans les bois sa chère liberté.
C'est charmant !

MICHEL.

C'est absurde, en bonne vérité !
Quoi ! déserteur honteux de quelque honnête tâche,
Se payer de paresse et d'oisiveté lâche !
Dans la ruche où tout dit : allons et travaillons !
Se condamner au rôle ignoble de frelons !
Après deux ou trois jours de ce mauvais régime,
Confus, diminués dans notre propre estime,

Nous nous vîmes si sots que, d'un commun accord,
Nous allâmes trouver le maître. A notre abord,
Il devine aisément l'objet de la visite.

GEORGES.

D'autant qu'il a des yeux qui déchiffrent plus vite
Un cœur que nous un livre !

MICHEL.

                Il en parut surpris :
« Ce que vous faites là, garçons, a-t-il repris,
J'en suis content, c'est bien. Certes, ce n'est pas l'heure,
Quand la France aux abois se désespère et pleure,
De dormir, égoïste, en un lâche repos.
Vous voulez du travail ? C'est venir à propos. »
Alors, il nous a mis dans cette infirmerie.
Puis ce sont des papiers qu'il faut à la mairie.
Les blessés, à leur tour, ont hâte d'envoyer
Des lettres qu'on s'applique à bien expédier.
Dans l'intervalle, eh bien, nous avons les poètes.
Là, dans l'obscurité de ces salles muettes,
Où sous leurs blancs rideaux reposent les blessés,
Nous leur lisons les vers que Corneille a laissés.
C'est beau, les vers ! c'est comme une divine flamme
Qui réjouit les yeux et qui réchauffe l'âme.
Oui, l'on se sent meilleur quand le cœur a battu
Pour ces héros d'honneur, de gloire et de vertu.
Dès qu'il peut s'arracher à ses pauvres malades,
Le maître nous rejoint avec les camarades.
Sur nos livres de classe il nous fait travailler
Juste assez, nous dit-il, pour ne pas se rouiller.

Car pour lui, le devoir et la tâche suprême
C'est la France en danger.

        Bruit de pas et de voix à la porte de droite.

        Mais le voici lui-même.

      GEORGES, *dont la physionomie, pendant tout ce récit, est devenue graduellement sérieuse, serre sa toupie dans sa poche, en disant, à part :*

Rentrez ici, fillette, et vous n'en sortirez
Qu'après que du péril nous serons délivrés.

SCÈNE III.

LES MÊMES, L'INSTITUTEUR, PIERRE, PAUL, AUTRES ÉCOLIERS.
Ils continuent une conversation commencée.

      PIERRE, *montrant le panier qu'il porte.*

Monsieur, c'est du vin vieux, de la part de mon père ;
Les gens de l'ambulance auront chacun leur verre ;
C'est de la bonne année.

        L'INSTITUTEUR.

          Et moi, Pierre, j'irai
Dès ce soir chez ton père et le remercîrai.
Que nous veut maître Paul ?

     PAUL, *tout petit, offre un paquet enveloppé.*

          Ce sont des bas de laine
Tricotés pour papa par ma sœur Madeleine.
On les donne aux soldats.

L'INSTITUTEUR.

                        Ils sont les bienvenus,
Petit Paul.

       A part.

          Braves gens ! ils se mettraient pieds nus.

     Haut.

Pour votre peine, enfants, j'ai de bonnes nouvelles.
Ainsi que le malheur, la victoire a des ailes.
Lisez ce télégramme.

        MICHEL, *prenant la dépêche et lisant.*

              « Au camp, près de Coulmiers :
« Bavarois sont battus ; deux mille prisonniers. »

L'INSTITUTEUR.

France, qu'on croyait morte et plus qu'anéantie,
Tu ressuscites donc et reprends la partie !

        GEORGES, *relisant la dépêche.*

«Au camp, près de Coulmiers. »

       PIERRE.

                 Où donc est-ce Coulmiers?

        GEORGES, *lisant.*

« Bavarois sont battus ; deux mille prisonniers. »

PAUL.

Bravo ! vive la France !

> *Toute la troupe répète ce cri. La porte du dor-*
> *toir s'ouvre toute grande ; une sœur et un blessé se*
> *montrent.*

SCÈNE IV.

LES MÊMES, JEAN FOUQUET, SŒUR EUGÉNIE.

SŒUR EUGÉNIE *apparaît au haut de l'escalier du fond,*
soutenant le blessé sous le bras.

Appuyez-vous, de grâce,
Je suis forte pour deux.

FOUQUET, *uniforme de cuirassier très usé, bras en écharpe.*

Bonne sœur, je vous lasse.

LA SŒUR.

Vous ne me lassez pas.

FOUQUET.

C'est lourd, un cavalier.

GEORGES, *bas à Michel.*

Michel, un cavalier !

MICHEL, *de même.*

Neuvième cuirassier,
Mon cher ! Son escadron fut de la grande charge
Qui fit à Reischoffen une perte si large.

L'instituteur, qui a remplacé la sœur, conduit le
blessé vers un grand fauteuil, au coin de la cheminée.

L'INSTITUTEUR.

Asseyez-vous, mon brave, et vous chauffez.

FOUQUET.

Merci !
Comme vous êtes bons, vous et les gens d'ici !
Mais que le temps me pèse et que je voudrais être
Là-bas, où l'on se cogne !

L'INSTITUTEUR.

Eh ! tout doux ! quel salpêtre !
Guérissez-vous d'abord, puis vous retournerez
Tuer des Bavarois tant que vous en voudrez.
Ce n'est pas moi du moins qui pense y mettre obstacle.

MICHEL.

Ni moi !

GEORGES.

Ni moi !

AUTRE VOIX.

Ni moi !

L'INSTITUTEUR.

L'écho, par un miracle,
Donne l'accord parfait.

LA SŒUR, *qui reparait après une courte sortie.*

Monsieur l'instituteur,
Voici Monsieur le Maire et Monsieur le Docteur,
Ils ont besoin de vous.

L'INSTITUTEUR.

J'y vais, sœur Eugénie.
Mon brave, je vous laisse en bonne compagnie.

Il sort par le fond.

SCÈNE V.

LES MÊMES, *moins* L'INSTITUTEUR ET LA SŒUR ; UN VAGUEMESTRE.

LE VAGUEMESTRE, *jétant un paquet de lettres sur la table la plus voisine.*

Les lettres des soldats !

Il sort en faisant le salut militaire.

FOUQUET, *à Michel.*

Voyez dans le paquet
Si vous ne trouvez rien au nom de Jean Fouquet.

MICHEL, *examinant et triant les dépêches.*

Archambault, canonnier ; Perron, vétérinaire ;
Jacques Boré, sapeur. Ce n'est pas votre affaire.
Ah! Fouquet, cuirassier, neuvième régiment,
Quatrième escadron.

FOUQUET, *avec vivacité, prenant la lettre.*

C'est pour moi, sûrement.
Oui, je veux la baiser cette lettre chérie,
De mes deux vieux parents et de ma sœur Marie !

Avec un peu d'embarras, à Michel.

Voulez-vous me la lire ?

MICHEL.

Oh ! je lis mal tout haut.

FOUQUET, *insistant.*

Lisez !

MICHEL.

C'est indiscret.

FOUQUET.

Tenez, je suis un sot.
J'aurais dû l'avouer, car la vérité pure,
C'est que je ne sais pas déchiffrer l'écriture.
Je suis d'un temps, Messieurs, — et c'est bien mon
[ennui —

Où l'on ne prenait pas tant de soin qu'aujourd'hui
Pour instruire les gens. On allait à l'école
Irrégulièrement, car la jeunesse est folle.
Et je m'en mords les doigts, et j'aurais les galons,
Si je n'étais un âne. — Or çà, lisez.

MICHEL, *consentant.*

.   Allons !

Il lit.

« Mon cher fils, ta dernière à bon port est venue,
« Elle nous a fâchés, quoique la bienvenue.
« J'y vois que tout n'est pas roses dans le métier,
« Et qu'il est, comme on dit, plus d'un méchant quartier.
« Enfin, il est heureux qu'à présent tu te trouves
« Parmi de braves gens. — On a curé les douves.
« Il en est advenu les fièvres pour ta sœur.
« L'accès fut assez dru pour quérir le docteur ;
« Ça coûte : il a prescrit une espèce de poudre.
« — La mère, au coin du feu, passe sa vie à coudre.
« — On tua le cochon l'autre soir. Je voudrais
« T'en envoyer ta part ; mais ça vaut-il les frais ?
« — Je ne suis pas grand clerc aux choses de la guerre :
« On dit que ça va mieux. Moi, je n'y compte guère ;
« Ce fut mal enfourné. — Tous les gars sont partis,
« Excepté les malsains, les vieux, les malbâtis.
« Nos cantons sont déserts : c'est la chose cruelle ;
« La culture en pâtit, tout retombe sur elle.
« — Grâce aux soins obligeants de Monsieur le greffier,
« Tu trouveras ci-joints, couchés sur le papier,
« Quatre écus de cinq francs ou leur équivalence.
« Sois-en bon ménager : on est pauvre en finance.

« A quand la « revoyure » (1) en place de l'adieu ?
« Enfin, fais le devoir et laisse faire à Dieu ! »

MICHEL, *rendant la lettre.*

Le brave homme de père et la digne famille !

GEORGES.

Le bon monde !

FOUQUET.

       Chez nous, c'est pas l'esprit qui brille ;
On est simple, c'est sûr, mais par le droit chemin
L'on va, l'âme contente et le cœur sur la main.
Aussi nous nous aimons !

GEORGES, *usant de circonlocutions.*

       Monsieur,... faites excuse...
Voudriez-vous, Monsieur ?... peut-être que j'abuse...
Nous conter... Sauf respect... Ce qu'il advint là-bas
Pendant la grande charge et tous vos grands combats ?

MICHEL.

Non, George ; il ne faut pas fatiguer le malade.

FOUQUET, *avec entrain.*

Fatigué ? moi ? jamais !
       Or donc, mon camarade,

(1) Mot du patois rural.

Figurez-vous d'abord nos hommes repliés
Dans le creux d'un vallon. On sonne aux cavaliers.
On s'aligne, on s'avance, on dégaîne, et la latte
Raye d'un sombre éclair l'épaulette écarlate.
Chaque homme du regard cherche son officier,
Et le cœur nous bondit sous la plaque d'acier :
On va charger ! Enfin !... Le colonel, en tête,
Fait un signe aux clairons, qui lâchent la tempête.
On part ! — Il faut passer non loin d'un bâtiment (1)
Où l'ennemi se poste avec un régiment.
Par les murs crénelés et troués à la hâte
Avec un sacré bruit la fusillade éclate,
Nous prend par le travers, nous laboure les flancs,
Et fait rouler plus d'un sur les sillons sanglants.
Pour lors, comme en ce lieu les houblons et les vignes,
Plus que les coups de feu font osciller nos lignes,
On range à droite, et là, tous ceux de l'escadron
Fondent sur les carrés qu'on aborde de front.
Deux régiments prussiens, de leurs meilleures troupes,
Masse compacte et sombre adossée à des croupes,
Attendent notre choc. Sur l'acier des fusils
L'on voit ces fronts casqués, qu'ombrent de noirs sour-
                                          [cils,
S'abattre en même temps, et la grêle des balles
Sur nos corsets de fer pleuvent sans intervalles.
Le galop insensé qui nous emporte au loin
Dans leurs rangs ébréchés nous plonge comme un coin.
Nous la démolissons, la vivante muraille,
Et, comme les moellons croulent sous la mitraille,
Tels s'écroulent les rangs, lorsque nos cavaliers
Y piquent de la tête, ainsi que des béliers.

(1) C'est la ferme d'Albrechthauserdorf.

Debout et imitant le ton du commandement :

« Cuirassiers, en avant ! » —

                L'intrépide hécatombe
D'un train plus furieux galope vers sa tombe.
On use l'éperon, on fatigue le mors,
Et le pied des chevaux trépigne sur les morts.

De Morsbronn devant nous les hauts pignons reluisent,
Les cavaliers fourbus sur deux flancs se divisent,
Contournent le village et, comme un océan,
Retombent de plus haut dans le gouffre béant.
Morsbronn, nom immortel de notre sépulture,
Morsbronn, sinistre lieu de la sombre aventure,
Tu caches bien le piège étendu sous nos pas !
Embusqué dans ses trous et ne se montrant pas,
L'ennemi nous fusille au défilé des rues ;
Tous les toits, tous les murs, et toutes les issues
Pétillent : c'est l'enfer —

                Et nous chargeons toujours,
Et toujours des chevaux les galopements sourds.

Dans l'entre-bâillement d'une espèce de bouge
Ma latte s'est plongée, et revient toute rouge.
Je l'essuie au travers d'un Poméranien
Dont le coup, cette fois, fut moins prompt que le mien.
Puis, mon cheval s'abat et meurt, la pauvre bête !
Derrière moi chevauche un cavalier sans tête (1),
Sinistre conducteur de la charge des morts ;
J'arrête le fuyard, je culbute le corps,
Saute en selle, et je sors de ce brûlant cratère.
Comment ? par quelle route ? à quel moment ? mystère !

(1) Historique. — Le même fait a été observé à Gravelotte. Voir
le récit du général Ambert dans *Gaulois et Germains*.

Je ne me souviens plus de rien, sinon qu'un bois,
Quand nous pûmes souffler pour la première fois,
Etendait sur nos fronts sa fraîcheur et son ombre.
Nous nous mettons alors à compter notre nombre :
O misère ! soixante à peine ont survécu
Du superbe escadron broyé, mais non vaincu.

MICHEL, ému.

O la tragique histoire !

GEORGES, de même.

O la lugubre guerre !

FOUQUET, d'une voix plus sombre.

Les autres sont couchés là-bas sur la poussière...
Mon capitaine, un homme à taille de géant,
Brave comme un lion et doux comme un enfant,
Galopait en avant, comme c'est sa manière.
Tout à coup, je le vois tomber sur la crinière
De sa bête, et vomir le sang à flots. Un plomb
Avait brisé ses dents comme un sanglant bâillon.
Je le soulève un peu ; du doigt il me désigne
Le drapeau, le drapeau ! Va, j'ai compris ton signe.
J'appelle l'officier qui porte l'étendard,
Et le mourant expire après un long regard.

Moment de silence. — Émotion.

Nous l'avons arraché de leur sauvage étreinte,
Ce drapeau bien-aimé, cette relique sainte.
Le soir de la bataille, et comme on redoutait
Un désastre plus grand encor qu'il ne l'était,

Nous avons partagé le lambeau tricolore,
Brisé la hampe frêle où l'aigle plane encore,
Et l'aigle à jamais cher, l'aigle à jamais sacré,
Comme un mort qu'on aima, nous l'avons enterré.

> *Il retombe en sanglotant dans le fauteuil. — Long
> silence.*

SCÈNE VI.

LES MÊMES, L'INSTITUTEUR; *il est apparu à la porte de l'ambulance depuis quelque temps, descend lentement les marches,
et à mi-voix, s'adressant aux écoliers.*

Ah! ne le troublez pas dans sa douleur amère.
Il a vu le tombeau de la France, sa mère,
Il a porté le poids des jours désespérés,
Il a connu Sedan.
                    Vous, vous le vengerez!

RICHARD WITTINGTON

LÉGENDE ANGLAISE

XVI° SIÈCLE

PERSONNAGES.

RICHARD (ou DICK) WITTINGTON, JEUNE GARÇON AGÉ DE 12 A 13 ANS, AU 1ᵉʳ TABLEAU, — DE 15 AU SECOND.

M. THÉOPHILE FITZBAREN, ARMATEUR ET MARCHAND DE LA CITÉ DE LONDRES, PATRON DU NAVIRE *La Licorne.*

HARRY,
DOBSON,
CLARKE,
COXE,
} ÉCOLIERS.

MALCOLM,
SHEPPARD,
} DEUX PICK-POCKETS

CAPORAL DE DOUANIERS.

DOUANIERS.

PARKER,
GORDON,
WILFRID,
HERMANN,
} MATELOTS DE L'ÉQUIPAGE DE *La Licorne.*

RADAMAPARAMA, ROI NOIR D'UNE PEUPLADE D'AFRIQUE.

MAJUNGO, SON MINISTRE.

KARAÏA, MAJORDOME.

INTERMÈDE MUET, SERVITEURS NÈGRES.

UN CABARETIER.

UN MARCHAND DE TOILE.

UN APOTHICAIRE.

DEUX HÉRAUTS.

UN SERVITEUR.

GROUPES POPULAIRES.

Richard Wittington entend sonner le carillon lui annonçant qu'il
deviendra maire de Londres.

RICHARD WITTINGTON

PREMIÈRE JOURNÉE

DICK, BELZÉBUTH AND Cᵒ

La scène représente un quai de la Tamise, à Londres, dans le voisinage d'une cale d'embarquement. Sur la berge, ballots, sacs de marchandises, amas de denrées. A droite, bien en vue, une baraque en planches, hermétiquement close, avec cette enseigne : *Mac-Gregor, Malcolm and Cᵒ*. Le pavillon est isolé, et l'on peut tourner autour.

SCÈNE I.

RICHARD WITTINGTON, SEUL.

Il est pâle, maigre, vêtu misérablement, et s'avance, tenant un petit morceau de pain.

RICHARD.

Je n'ose pas toucher à ce reste de pain,
C'est mon dernier morceau. J'ai beau crier : j'ai faim !
Personne ne m'assiste. Est-ce que tous les hommes
Sont méchants comme ceux de la ville où nous sommes ?

Ah ! Londres, sois maudit. Lorsque je suis venu
Dans tes murs sans pitié, je ne t'ai pas connu.
Je ne pouvais pourtant rester dans le village
Où ma mère était morte, où j'étais sans ouvrage.
On me battait chez nous. Chez nous ! Ai-je un chez nous ?
Oh ! si j'en avais un, j'irais à deux genoux.
Mais je suis orphelin, dénué, solitaire;
Personne pour m'aimer, personne sur la terre.
Le jour où l'on coucha ma mère en son tombeau,
Où son œil se ferma, ce fut comme un flambeau
Qu'on souffle : je passai de la pleine lumière
Aux ombres de la nuit. J'ai quitté la chaumière
Où ne m'attendait plus le maternel baiser,
Et me voilà. J'ai fait, sans presque reposer,
Un rude et long voyage. Avais-je les mains pleines
D'illusions, Seigneur ! Je rêvais châtelaines
Hébergeant pauvre monde, indigent assisté
Par richesse, et travail nourrissant pauvreté.
Il se trouvera bien quelque part, me disais-je,
Une femme, un enfant, un vieil homme, que sais-je ?
Une bonne âme enfin qui voudra m'employer.
Un petit coin à table, une place au foyer,
Un abri pour dormir, voilà tout mon salaire.
Je n'ai rien obtenu. Le jour qui nous éclaire
Ne peut donc éclairer le fond de notre cœur ?
Ai-je l'air d'un méchant, d'un traître ou d'un voleur ?
Penser que je serais si fidèle à mon maître,
Si dévoué, si sûr, et ne pouvoir rien être !
Hier, mourant de faim, j'entre chez un fripier
Pour lui vendre ma veste : il m'en donne un denier.
Je réclame, il se moque et me jette à la porte,
En criant : au larron ! J'eus une peur si forte
Que je courus d'un trait jusqu'au bout du quartier.
J'achète un petit pain, j'en mange une moitié,

Et garde celle-ci ; c'est tout ce qui me reste.
Allez, ce n'est pas long de manger une veste.
Après ?... N'y pensons pas et cherchons un endroit
Où l'on soit en repos pour un déjeuner froid.

Il disparaît derrière la baraque.

SCÈNE II.

HARRY, CLARKE, DOBSON, COXE, GARÇONS DE 10 A 12 ANS.

*Harry arrive en courant ; il traîne vers le fleuve un chat noir attaché
au cou par une ficelle. Il se retourne pour faire signe aux autres.*

HARRY.

Clarke, Coxe, Dobson, arrivez donc ! J'ai hâte
D'expédier dans l'eau cette vilaine chatte.

COXE.

Oui, c'est très amusant de voir un animal
Qui se noie ; on dirait que ça lui fait du mal.

CLARKE.

Quand ça leur en ferait un brin ? C'est des bêtises
De pleurer pour si peu.

DOBSON, *montrant les berges.*

Quels tas de marchandises
Sur les quais aujourd'hui !

COXE.

Parbleu, je le crois bien;
La Licorne est en charge.

CLARKE.

On le voit.

A Harry.

Eh ! l'ancien,
Ton chat qui veut filer !

HARRY, *ramenant la corde qui serre le cou du chat.*

Ces chats ont la manie,
Quand on les mène à l'eau, de fausser compagnie.
Attends, maîtresse Black, voilà pour te punir.

Il attache un gros caillou au bout de la ficelle.

DOBSON.

Et le poids du caillou qui va le retenir
Fera de ton minet comme une barque à l'ancre.

COXE.

Qu'elle est laide, minette, avec sa robe d'encre !

CLARKE.

Moi, j'aime bien les chats, leurs yeux sont deux
[flambeaux ;
Mais, comme de raison, je n'aime que les beaux.

Dame, quand on est laid, il faut que l'on se cache.
Une araignée, un crabe, un crapaud, ça fait tache
Sur le reste du monde. A la bonne heure un paon !

CHarLottCOXE.

Une gazelle !

HARRY.

Un cygne !

DOBSON.

Oui, mais pas de serpent !
Je ne puis pas non plus souffrir un vilain âne.
Hier, j'ai crevé l'œil avec ma sarbacane
A celui du boucher. Il a crié, mon cher !

CLARKE.

Si son maître le sait, ça te coûtera cher.

*Harry, monté sur un tas de pierres, lance le chat à
l'eau.*

HARRY.

Or sus, expédions enfin la voyageuse,
Pour voir si, de nature, elle est bonne nageuse.

DOBSON.

C'est très drôle, elle flotte, elle vogue, elle a l'air
De ne pas s'ennuyer.

CLARRE.

Cela me paraît clair,
C'est un chat amphibie. Elle a droit à des palmes,
Comme en ont les canards. Lorsque les eaux sont
                                        [calmes,
Elle traverserait la Tamise, et pourrait
Nager jusqu'à Greenwich.

COXE.

                        Eh! garçon, l'on dirait
Qu'elle vire de bord.

HARRY.

                Pas encore, ma belle.
Au large! Empêche, empêche, et tirez droit sur elle
A grands coups de cailloux.

> *Ils lancent des pierres dans la direction du chat. —*
> *Richard paraît.*

SCÈNE III.

LES MÊMES, RICHARD, *sortant de sa cachette.*

RICHARD, *de loin.*

                Qu'est-ce qu'ils font ceux-là?
Martyriser un chat, le noyer? halte-là.
> *S'approchant du groupe.*
Garçons, laissez-le donc revenir au rivage.

DOBSON, *se retournant.*

Hein ? Voyez-vous ce gueux ?

COXE.

Espèce de sauvage !

HARRY.

De quoi se mêle-t-il ? Je veux noyer mon chat,
Et je voudrais bien voir que l'on m'en empêchât !
Ils lancent des pierres sur Richard.

RICHARD, *tombant sur eux à poings fermés.*

Eh bien, vous l'allez voir : s'il faut boxer, on boxe.
Fuite générale des camarades de Harry.

HARRY, *criant.*

Clarke, au secours ! à moi, Dobson ! à l'aide, Coxe !
Les lâches ont filé.

RICHARD, *qui lui poche l'œil.*

Comme vous pouvez voir,
Autant que le permet votre œil au beurre noir.
Harry, battu, s'évade à son tour, la main sur l'œil.
Richard, maître du champ de bataille, recueille le chat.

SCÈNE IV.

RICHARD, *seul, avec le chat. Il s'assied sur un ballot.*

RICHARD.

Pauvre, pauvre minet! vraiment c'était grand'peine
De noyer cette bête à la robe d'ébène.
Il frissonne de froid. Viens-t'en dans mon giron.
Il va mieux et commence à me faire ronron.
Il fixe sur mes yeux ses deux grandes prunelles,
Pour me dire merci. Quelles âmes cruelles,
Que ces petits garçons! Tuer un animal
Qui ne peut se défendre et qui n'a pas fait mal!
C'est pis que le fripier qui m'a volé ma veste.
Peut-être qu'il a faim. Veux-tu goûter mon reste?

Il émiette du pain sur ses genoux.

Ce n'est pas du fricot, pauvret, c'est du pain sec.
Mange et fais comme moi, n'exige rien avec.

*Ici on commence à entendre le carillon d'un clocher
voisin.*

Je ne suis plus tout seul, et je n'ai plus envie
De m'affliger. Voilà ce que c'est que la vie,
Comme disait parfois cette pauvre maman.
L'humeur, comme la mer, change à chaque moment,
Et la mobilité dont notre esprit se leurre
Fait tantôt que l'on rit et tantôt que l'on pleure.
Si je dormais un brin? Dormir? c'est bientôt dit.

Nouveau bruit de cloches.

Le carillonnement du voisin l'interdit.

C'est gentil, ces chansons de cloches ; c'est l'ivresse
Du ciel qui s'étourdit de sa propre allégresse.
Tantôt du faîte à jour où tinte le métal,
S'égrènent dans les airs les notes de cristal ;
Elles passent sur nous, ainsi qu'à tire d'aile
Passe la fugitive et bavarde hirondelle.
Ou bien c'est l'urne d'or qui s'incline, en versant
L'onde mélodieuse et qui va grandissant.
D'autres fois c'est le chant triste et mélancolique
D'une foule à genoux sur la place publique ;
Elle pleure, et voici qu'il me prend, à mon tour,
Un désir de pleurer !

                  Que c'était bon, l'amour
De ma chère maman ! O mains que rien ne lasse,
O caresses sans fin et que rien ne remplace,
Je ne vous aurai plus ! Près de mon petit lit,
Plus elle ne viendra ! Mon Dieu, rien ne remplit
L'inexprimable vide ; et c'est la peine amère,
D'être errant, d'être pauvre et de pleurer sa mère.

      Instant de silence, interrompu par le carillonnement de
l'heure de midi. — Rythme vif et joyeux.

Midi ! c'est le moment où les gais carillons
S'éparpillent dans l'air comme des papillons.
Je les vois, je les suis ; les notes cristallines
Posent leurs pieds légers sur les vertes collines,
Et descendent vers moi.

            Il se lève.

                Cloches qui me parlez,
Cloches qui me bercez et qui me consolez,
C'est mon nom que j'entends, c'est mon nom que pro-
                                [nonce
Le lutin prisonnier dans sa gaine de bronze.

Fredonnant à mi-voix sur le rythme des cloches.

> *Ding ding don, ding ding don,*
> *Bon espoir, Wittington !*
> *Ding ding don, ding ding don,*
> *Futur Lord-maire de London !*

Carillonnez encore, ô voix enchanteresses,
Carillonnez sans fin vos joyeuses promesses.

Reprise du carillon précédent, que Richard accompagne en sourdine avec les mêmes paroles :

> *Ding ding don, ding ding don,*
> *Bon espoir, Wittington !*
> *Ding ding don, ding ding don,*
> *Futur Lord-maire de London !*

Lord-major ! Lord-major ! — Dans Londres, la cité
La plus riche du monde, être l'autorité,
La justice, le droit. Etre le front qui pense,
Et la main qui châtie ou bien qui récompense !
Oh ! comme j'aimerai les simples et les bons !
Comme j'accueillerai les petits vagabonds !
Ils auront des abris, du pain, le droit d'asile,
Et ne maudiront plus tes murs, ô sombre ville !
Par exemple, on aura les yeux sur les fripiers ;
La corporation a trop de loups cerviers,
Nous les musellerons. Et quant à nos finances,
Avec de bonnes lois, de sages ordonnances...

Il est interrompu par l'entrée de Sheppard et de Malcolm, et se cache derrière un grand tas de marchandises.

SCÈNE V.

RICHARD, *caché ;* SHEPPARD et MALCOLM, *deux pick-pockets.*
Ils arrivent de deux points différents et s'avancent avec
précaution, en regardant de tous les côtés. Ils
ont la mine de voleurs et sont mal vêtus.

RICHARD, *caché, bas.*

Qui sont ces basanés à mines de requins ?
Ah ! cité de London , voilà de tes coquins?

MALCOLM, *à mi-voix.*

Hé ! Sheppard Mac-Gregor ?

SHEPPARD, *même jeu.*

Hé ! Malcolm, dit la Pince ?

MALCOLM.

As-tu fait bonne prise ?

SHEPPARD.

Et toi, copain ?

MALCOLM.

Non, mince.

SHEPPARD.

Mince aussi.

MALCOLM.

Gueux de sort !

SHEPPARD.

     Pourtant, quand sur le quai
Un navire est en charge, on est bien embarqué.
Maint marchand sur l'épaule a sa pleine sacoche ;
Maint badaud songe mal à surveiller sa poche.

MALCOLM.

Oui, mais la concurrence est terrible à présent.
Tout le monde s'y met ; le métier s'en ressent,
Et j'estime que ceux par qui la loi s'exerce
Devraient réglementer notre honnête commerce.
Car, enfin, sommes-nous la corporation
Des pick-pockets de Londre ? Alors la nation
Nous doit...

SHEPPARD.

    Très bien parlé, mais passe à l'inventaire :
Tu feras le crieur et moi le commissaire.

  Ils s'asseyent sur une balle de marchandises, étendent
  un mouchoir devant eux et y vident le contenu de leurs
  poches.

MALCOLM, *nommant les objets à mesure.*

Tabatières de buis en nombre illimité.
Item, mouchoirs de poche. Autre item, quantité
De ces menus objets qu'on nomme pour mémoire,

Tels que couteaux, étuis, clefs de porte ou d'armoire,
Clous et boucles d'acier, gants de peau, gants de drap,
Vieux boutons de culotte en corne, et cetera,
Enfin un tas d'objets, choses dépareillées,
Sans emploi, sans valeur, sordides et rouillées,
Que l'on cueille pourtant pour se faire la main,
Et pour ne rien laisser traîner sur le chemin.

SHEPPARD, *gouailleur.*

As-tu fini ?

MALCOLM.

Fini.

SHEPPARD, *même jeu.*

Ne fais donc pas la bête,
Et passe au sérieux.

MALCOLM, *étendant le bras.*

Je jure sur ma tête...

SHEPPARD, *lui rabattant le bras.*

Jure sur autre chose.

MALCOLM.

Eh bien, de par le roi,
Je jure que je n'ai nulle autre chose à moi.

SHEPPARD, *le regardant droit dans les yeux.*

Pas même un portefeuille en vieux cuir de Cordoue,
Avec coins en acier, qui roula dans la boue,
Quand le digne marchand qui regardait en l'air
Crut le remettre en poche ?

MALCOLM, *tirant le portefeuille de dessous son habit.*

Oh ! si tu vois si clair,
Je ne te cache plus ma petite trouvaille.

SHEPPARD, *soupesant l'objet.*

Pas tant à dédaigner. Depuis que je travaille,
Je n'ai pas soupesé portefeuille si lourd.
Examinons.

Ouvrant le portefeuille et compulsant les papiers qu'il en tire.

Papier sur Gêne et sur Augsbourg. ..

MALCOLM, *écoutant du côté où Richard est caché.*

Holà ! j'entends du bruit, c'est comme un chat qui rôde.
Mettons notre fortune à l'abri de la fraude.

Ils se lèvent.

SHEPPARD, *montrant la baraque.*

Oui, dans le cabanon.

MALCOLM, *avec emphase.*

Dis dans le pavillon.

Pavillon Mac-Gregor ! C'est une invention
Superbe et digne en tout de ton noble génie.

Montrant l'enseigne.

Pavillon Mac-Gregor, Malcolm et compagnie !
Cela sent l'honnête homme et brave l'examen
Des Argus aux cent yeux nommés policemen.

SHEPPARD.

Ouvre et range la barre, entre dans la baraque ;
Moi, je fais une ronde, et, dans le cas d'attaque,
Je siffle.

Il sort.

MALCOLM, *sur le seuil du pavillon.*

Et moi, je file.

Il tire sur lui la porte. La clef reste en dehors.

RICHARD, *se montrant.*

Ah ! traîtres et bandits,
Voleurs de grande route et détrousseurs maudits !

Il s'approche sans bruit du pavillon, engage la barre,
donne un tour de clef et met la clef dans sa poche.

En voici toujours un qui s'est pris à son piège.
Sous clef ! Surveillons l'autre, et que Dieu me protège.

Il rentre dans sa cachette.

SHEPPARD, *revenant, à part.*

Tout va bien, et j'accours, étant des moins prudents

De laisser sir Malcolm travailler là-dedans.
Il subtiliserait le fameux portefeuille.

Il frappe trois coups à la porte du pavillon.

Ouvre, Malcolm, c'est moi.

Pas de réponse; il frappe à plusieurs reprises, sans succès.

Voilà comme il accueille
Son bon associé ? Voyons, Malcolm ! — Malheur,
De prendre pour copain un insigne voleur.

MALCOLM, *dans l'intérieur du pavillon.*

Sheppard, assez joué ; rouvre-moi, je te prie.

Il secoue la porte qui résiste.

Sheppard, tu me paîras cette plaisanterie.

SHEPPARD.

Est-il fou ?

Apercevant la barre en place et le cadenas fermé.

Nom de nom ! C'est moi qui suis le fou.
Malcolm est prisonnier. Qui donc a fait le coup ?
Quelqu'un est venu là. Qui ?

Richard se dresse à quelque distance, avec son chat noir debout sur son épaule.

C'est ce misérable,
Qui porte sur l'épaule un chat plus noir qu'un diable.
A nous deux !

Il fond, le couteau à la main, sur Richard. Celui-ci ramasse vivement une poignée de sable et la lance à la figure de Sheppard. Sheppard esquive le coup.

Mal visé! moi, je vais droit au but.
Voici pour toi, farceur, et ton chat Belzébuth.

RICHARD *s'avance résolument.*

Belzébuth, as-tu dit? Soit, et grand bien te fasse !
Plante-lui, Belzébuth, tes griffes dans la face !

Il lui lance son chat en pleine figure.

SHEPPARD, *s'enfuyant, à la cantonade.*

Aye, aye ! A l'assassin ! On me mange les yeux.

RICHARD, *le poursuivant.*

Tiens ferme, Belzébuth! on vient à nous, mon vieux.

On entend un bruit de pas et des voix d'hommes qui chantent.

SCÈNE VI.

MALCOLM, *dans le pavillon*; RICHARD ET SHEPPARD, *cachés par les ballots de marchandises; un caporal de douaniers et quatre douaniers faisant une ronde. Ils sont armés, et entrent en scène en fredonnant un refrain de matelot.*

LES DOUANIERS.

Vogue vers l'Océan sans borne,
Le vent est bon, voici le flot.
Vogue gaîment, belle Licorne,
Au fil de l'eau.

Survient Richard, qui traine par la cravate Sheppard désarmé et la face labourée de coups de griffes.

RICHARD.

Messieurs les douaniers, je réclame main-forte.
Cet homme est un voleur.

Montrant le pavillon.

Derrière cette porte
Son camarade est pris, pris comme au trébuchet.

*Deux douaniers s'emparent de Sheppard et lui
mettent les menottes. Le caporal prend la clef des
mains de Richard, et s'approche du pavillon. Il poste
un douanier, sabre nu à la main, de chaque côté de
la porte.*

LE CAPORAL, *ouvrant la porte.*

Garde à vous, les enfants ; je rouvre le guichet.

*Malcolm va pour s'élancer, mais la vue des sabres
nus le fait réfléchir.*

MALCOLM, *sur le seui', les bras croisés.*

Douaniers, je me rends. Surtout pas de bêtises.
Bas les mains ! les couteaux feraient quelques sottises.

*On lui passe les menottes et on le pousse près de Shep-
pard. — A Sheppard :*

Brute, qu'effraye un chat.

SHEPPARD.

Lâche, qui s'est rendu.

MALCOLM.

Tol, tu seras roué.

SHEPPARD.

Toi, tu seras pendu.

MALCOLM.

Je me réjouis fort de voir quelle grimace
Tu feras.

SHEPPARD.

Moi, je ris de ta chienne de face,
Lorsqu'au bout d'un poteau de chêne on te verra,
Et qu'à vingt pieds en l'air ton corps gigottera.

MALCOLM, *à part.*

Ce Sheppard est sinistre, et j'ai la chair de poule.

SHEPPARD, *à part.*

Prophète de malheur, une sueur me coule.

LE CAPORAL.

A Newgate (1), gredins !

SHEPPARD, *se drapant dans ses guenilles.*

Suppôt des aldermen (2),
Des égards, s'il vous plaît. Nous sommes gentlemen.

(1) *Newgate,* nom d'une prison de Londres.
(2) Officiers municipaux de Londres, formant le conseil de la
cité.

LE CAPORAL.

On en aura, Milord. La semaine-prochaine,
A Tyburn, bon gibet, tout neuf, en cœur de chêne.

SCÈNE VII.

LES MÊMES, M. FITZBAREN. *Il cherche attentivement un objet perdu, et se penche vers le sol.*

FITZBAREN, *à part.*

Pas de trace, néant ; j'ai beau chercher partout,
Je ne le trouve pas et ma force est à bout.

RICHARD, *allant vers lui.*

Que cherchez-vous, Monsieur, en quête sur la rive ?

FITZBAREN.

Un portefeuille.

RICHARD.

Vert ?

FITZBAREN.

Tout juste : Vert olive.

RICHARD.

Avec coins en acier ?

FITZBAREN.

Justement.

RICHARD.

Assez lourd ?

FITZBAREN.

Pas mal.

RICHARD.

Son contenu ?

FITZBAREN.

Des traités sur Augsbourg,
Chez les frères Függer, et du papier sur Gêne.

RICHARD.

Fort bien.

Au caporal, en désignant Malcolm, dont l'habit fait
bosse sur le côté droit.

Fouillez Monsieur, cette bosse le gêne.
C'est un petit abcès qui l'incommode fort.

Le caporal déboutonne l'habit de Malcolm, tire le por-
tefeuille et le remet à Richard.

RICHARD, *à Fitzbaren.*

Monsieur, serrez ceci dans votre coffre-fort.

MALCOLM, *à part.*

Ce garçon est sorcier, sorcier sur ma parole.

Fitzbaren distribue quelques pièces de monnaie aux douaniers.

LE CAPORAL.

Merci, Monsieur. — Et vous, gentlemen, à la geôle.

Il sort avec ses hommes et les deux voleurs.

SCENE VIII.

FITZBAREN, RICHARD.

FITZBAREN.

Ton nom, petit garçon?

RICHARD.

       Wittington. Mon prénom
Est Richard, soit encor Dick de mon petit nom;
C'est celui que maman aimait le mieux, et j'aime,
A cause de maman, qu'on m'appelle de même.

FITZBAREN.

Eh bien, mon ami Dick — car nous sommes amis —
Le nom de ton endroit, si cela m'est permis?

RICHARD.

Paxton, près Collington, comté de Cornouailles.

FITZBAREN.

C'est loin. Et le patron chez lequel tu travailles ?

RICHARD.

Hélas ! je n'ai personne où travailler. Je suis
Un orphelin, Monsieur, et j'ai passé deux nuits
A rôder dans la ville, à demander l'aumône,
Sans rencontrer une âme, une âme qui me donne.

FITZBAREN.

Ça fait peine et pitié. Si jeune et si gentil,
Avec cet air honnête ! Oh ! le pauvre petit !

Après un moment de réflexion.

Dis-moi, voudrais-tu bien, Dick, entrer en service ?

RICHARD.

Certe, et de tout mon cœur. Et quant au bénéfice ;
Las ! je ne serais pas, Monsieur, bien exigeant :
Un peu de pain, un peu d'égards et pas d'argent,
Moyennant quoi, Monsieur...

FITZBAREN.

                    Richard, j'ai ton affaire.
Ecoute bien, voici ce que nous allons faire.

Se rengorgeant, et avec une nuance d'importance.

Je suis des Fitzbaren and C°, dans la cité.
La maison est ancienne et son nom réputé.

On est riche marchand ; on fait avec l'Afrique
Un assez gros commerce, item en Amérique,
Dans les nouveaux pays. Dès l'aube, après-demain,
Si le vent reste nord, on se met en chemin
Sur la belle *Licorne*, un fin voilier qui file
Ses quatre nœuds à l'heure. Or, foi de Théophile
Fitzbaren, si tu veux, petit, m'accompagner,
Aux comptoirs africains je veux bien t'emmener.
Dick, tu sais lire, écrire et compter, d'aventure ?

RICHARD.

Lire, oui ; compter, pas trop. Mon fort, c'est l'écriture.
Je serais plus instruit si la pauvre maman
M'eût toujours fait marcher à son commandement.
« Dick, il faut travailler ; Dick, mon cher petit homme,
Amasse du savoir ; c'est le plus sûr en somme,
Et l'on n'a pas toujours sa mère à son côté. »

FITZBAREN.

Ta mère avait raison et disait vérité.

RICHARD.

Mieux vaut tard que jamais. Mettez-nous à l'ouvrage,
Et vous verrez, Monsieur, si j'aurai du courage.

FITZBAREN.

J'en suis tellement sûr, ami Dick, que je veux
Envers toi m'engager. Est-ce aussi dans tes vœux ?
A charge de revanche, au reste, et c'est justice.

Voici : pendant trois ans je te prends en service ;
Nous naviguons ensemble, à des conditions.....
Suffit, on causera de nos conventions.
Sache pour le moment que je veux faire en sorte
De donner quelque joie à cette pauvre morte.

RICHARD.

O ma chère maman ! — Monsieur, permettez-moi
De vous baiser la main.

FITZBAREN, *lui donnant une grande poignée de main.*

Dick, je compte sur toi.

RICHARD.

A la vie, à la mort, Monsieur, je vous le jure.
Mais...

FITZBAREN.

Quoi ?

RICHARD.

Je n'ose.

FITZBAREN.

Parle.

RICHARD.

Eh bien ! je vous conjure,
Cher Monsieur Fitzbaren, encore une faveur.

Mon chat.... J'ai fait pour lui l'office de sauveur.
Je l'ai tiré de loin, tantôt — de la Tamise. —
Marché pour deux, Monsieur.

FITZBAREN.

Dick, c'est chose promise.

RICHARD.

D'ailleurs mon Belzébuth est brave ; il griffa bien
L'un de ces chenapans qui pillaient votre bien.

FITZBAREN.

La chose est entendue : au rôle d'équipage,
Richard et Belzébuth auront chacun leur page.

RICHARD, *très pâle.*

Monsieur ?

FITZBAREN.

Eh ! qu'est-ce encor ?

RICHARD.

Monsieur , c'est bien
Avant que travailler, de réclamer son pain ;   [vilain,
Mais je n'ai pas mangé de toute la journée,
Et je me sens faillir.

Il ferme les yeux et s'affaisse sur une balle de marchandises.

FITZBAREN *se penche sur lui et le soulève.*

Chère âme infortunée,
Créature de Dieu, pauvre petit ami !
Au logis, dans mes bras, je le porte endormi.
Là, choyé par ma femme et ma petite fille,
Qu'il ait un jour ou deux sa part de la famille.

Il l'emporte dans ses bras.

DEUXIÈME JOURNÉE

EN AFRIQUE.

L'action se passe, deux années après la précédente , sur la côte d'Afrique. La scène représente une case en bambous. C'est celle de Sa Majesté le roi Radamaparama. Portes latérales ; une sentinelle armée d'un arc et de flèches garde la porte de gauche, laquelle conduit aux appartements intérieurs. Panoplies aux murailles ; dents d'éléphants dans les angles ; peaux de lion et de tigre sur le sol ; poudre d'or et pierres précieuses dans des coupes en noix de coco. Corbeille d'oranges sur une table.

SCÈNE I.

HERMANN, WILFRID, MATELOTS DE L'ÉQUIPAGE DE *La Licorne. Ils déchargent une grande caisse fort pesante, qu'ils rangent dans un coin.*

HERMANN, *s'essuyant le front.*

C'est pesant , cette caisse.

WILFRID.

Oui, la verroterie ,
C'est plus lourd que coûteux.

HERMANN.

Mais dis-moi, je te prie,
Quel usage fait-on de ces bêtises-là ?

WILFRID, *montrant les objets qui décorent la case.*

Eh bien, aux moricauds ça paye tout cela :
Diamants, poudre d'or, argent, ivoire, ébène.

HERMANN.

Pour des colliers de verre à vingt sous la douzaine ?
Railles-tu ?

WILFRID.

Non, mon cher. A chacun son plaisir,
Et le prix d'un objet se mesure au désir.
Te souvient-il du jour qu'étant tombé malade
On t'interdit la pipe ?

HERMANN.

Oui, mais le camarade
Qu'on mit faire le quart au pied de mon hamac
Me céda galamment son paquet de tabac.
Wilfrid, la bonne pipe, en joie expédiée !

· WILFRID.

Et te rappelles-tu ce que tu l'as payée ?

8***

HERMANN.

Parbleu, deux ou trois fois le prix qu'elle valait.
Mais fumer une pipe est tout ce qu'on voulait,
Avant d'effectuer le voyage suprême
Dont me menaçait l'homme à face de carême,
Le docteur Fuchs.

WILFRID.

         Eh bien, finis-tu par saisir
Que le prix d'un objet se mesure au désir ?
Les diamants et l'or, et l'ivoire et l'ébène
Foisonnent chez ces noirs, qui les troquent sans peine
Contre certains objets, tels que ronds de métal,
Galons d'or et d'argent ou bouchons de cristal,
Du tafia surtout. Ces gens vendraient leur âme,
Que dis-je ? J'en ai vus abandonner leur femme
Pour un mince flacon de gin très frelaté
Que nous payons vingt sous aux juifs de la cité.

HERMANN.

Mais alors Fitzbaren et tous ces capitaines
Gagnent des millions par vingt ou par centaines?

WILFRID.

Ils sont riches, mon bon, par-dessus les sabords.

HERMANN, *mystérieusement*.

A ce compte, on pourrait...
       Voyant entrer Richard.
              Viens-t'en causer dehors.
         Ils sortent.

SCÈNE II.

RICHARD WITTINGTON, *en costume de marin,*
avec un filet d'or à sa casquette et à son habit. Il est grand et fortifié;
l'air de la mer lui a bruni les mains et le visage.

RICHARD, *seul, suivant des yeux les deux matelots.*

Je ne sais pas pourquoi j'ai de la méfiance
Pour ces deux Allemands. J'ai vague conscience
Qu'ils trahissent. Toujours on les voit se tirer
Dans l'ombre, avec un air de gens à conspirer.
On aura l'œil sur eux. Malgré leur mine à pendre,
Pour renfort d'équipage en route on dut les prendre;
M'est avis qu'on eut tort. Et puis regardez-les,
Et dites si c'est là de nos braves Anglais ?

Entrent Fitzbaren et deux matelots.

SCÈNE III.

RICHARD, FITZBAREN, GORDON ET PARKER, MATELOTS.

PARKER, *le chapeau à la main, à Fitzbaren.*

L'ordre pour le retour, patron ?

FITZBAREN.

A l'ordinaire.

PARKER.

C'est que...

FITZBAREN.

Parleras-tu ?

PARKER, *interloqué.*

C'est que... Mon partenaire
Vous dira mieux la chose.

FITZBAREN, *se tournant vers l'autre.*

Eh bien, jase, Gordon.
Il paraît que c'est grave.

GORDON, *le chapeau à la main.*

Eh oui. Faites pardon,
Nous avions espéré, patron, à notre idée,
Une permission.

FITZBAREN, *gaiment.*

Pour courir la bordée,
Pas vrai ? Ces vieux requins ! Allons, c'est convenu ;
Mais pour faire son quart on sera revenu.
Hermann avec Wilfrid me prêteront main-forte,
Sans compter que j'aurai Richard et son escorte,
La vieille Belzébuth avec ses quatre chats.

PARKER, *saluant de la jambe.*

Merci, patron.

GORDON, *même jeu.*

Patroh, merci. Mais n'allez pas
Croire...

FITZBAREN.

Je ne crois rien, je suis sûr, au contraire,
Que vous boirez ce soir plus d'eau qu'à l'ordinaire.
Adieu, mes bons garçons.

RICHARD, *à part.*

Et moi je retiendrai
Gordon et son compère et les aviserai.
Ce sont de braves gens, dévoués à leurs maîtres;
Nous saurons à nous trois parer les coups des traîtres.

*Il rejoint Gordon et Parker sur le pas de la porte
et sort avec eux en causant.*

SCÈNE IV.

FITZBAREN, *seul. Il accoste la sentinelle qui monte la garde
devant la chambre du roi, et va pour lui parler.*

FITZBAREN.

Sentinelle, va dire... Allons, bon ! j'oubliais
Que les soldats du roi sont tous sourds et muets,
Et qu'il faut leur parler par gestes et par signes.

*Il commence une pantomime indiquant qu'il faut que
le soldat aille quérir le roi; le soldat s'incline en signe
d'intelligence et sort.*

Celui-là m'a compris : il n'est pas dans les vignes.

Le roi et son cortège entrent l'instant d'après.

SCÈNE V.

FITZBAREN, LE ROI, MAJUNGO, son ministre, le soldat, serviteurs.

UN SERVITEUR, *annonçant.*

Sa Majesté le roi Radamaparama.

FITZBAREN.

Majesté, mon pays qui toujours vous aima,
Vous offre ce présent en signe d'alliance.

Il dépose sur la table un coffret décoré de clinquant.

LE ROI, *marchant vers le coffret.*

Ministre Majungo, l'on nomme défiance
Mère de sûreté: contrôlons tout d'abord.

MAJUNGO *s'incline profondément.*

C'est juste, Majesté.

FITZBAREN, *à part.*

Ce monarque est très fort.

*Haut, tirant du coffret deux bouchons de carafe qui
pendent à une chaîne de cuivre.*

Deux joyaux de cristal, décorés à facettes,
Avec des ornements en forme de lancettes.
Ça peut se pendre au col, et — point essentiel —
Qui regarde à travers aperçoit l'arc-en-ciel.

LE ROI, *essayant.*

Oh! *Very beautiful !* Tiens, Majungo, regarde.
Nous les déposerons au trésor, sous ta garde.
Des choses de ce prix, de pareilles valeurs,
Sont faites, Majungo, pour tenter les voleurs.

MAJUNGO, *s'inclinant.*

C'est juste, Majesté.

FITZBAREN, *montrant d'autres objets.*

> Deux paires de lunettes

A verres de couleur.

LE ROI.

> Pour voir quoi ?

FITZBAREN.

> Les planètes

La lune, le soleil et les astres des cieux.
Ces verres noirs sont faits pour conserver les yeux.
De plus, en temps d'éclipse, on a cette fortune
De voir le grand serpent qui veut manger la lune.

LE ROI, *qui a mis les lunettes.*

Wonderfull! Wonderfull!

Il braque les lunettes sur Fitzbaren.

> Mais qu'est-ce que je vois ?

L'homme blanc devient noir! C'est contraire à nos lois.

A la noble couleur, à la couleur d'ébène
Qui fleurit seulement sur la rive africaine,
Un blanc ose prétendre? Il veut donc la souiller !
Tête et sang! Majungo, qu'on le fasse étrangler !

MAJUNGO, *s'inclinant.*

C'est juste, Majesté.

FITZBAREN, *vivement.*

Pas du tout, c'est injuste !

Il lui passe vivement .ne autre paire de lunettes.

Majesté, Majesté, sur votre nez auguste
Daignez mettre ceci, c'est pour vos divins yeux.

LE ROI, *changeant de lunettes.*

En jaune, tout en jaune ; encor plus merveilleux !
Tout jaune Majungo; le petit blanc tout jaune,
Eux laids, moi beau, parfait ! — Majungo, l'œil du trône,
En notre observatoire il faut porter ceci,
Car nous encourageons l'étude, Dieu merci.
Nous prédisons le temps et les choses futures,
Et sommes grands docteurs en bonnes aventures.

Tendant la main à Fitzbaren.

Homme blanc, homme blanc, je suis content de toi,
Et pour preuve, je veux te festoyer en roi.

A Majungo.

Appelle Karaïa, mon royal économe.

*Majungo frappe sur un gong. — L'instant d'après,
acco..rt Karaïa.*

SCÈNE VI.

LES MÊMES, KARAIA.

KARAIA.

Me voici, Majesté.

LE ROI.

Dites-nous, Majordome,
Que reste-t-il en cave ?

KARAIA.

Un singe du Congo,
Quatre ou cinq perroquets à l'huile de coco,
Dont un vieux de trente ans.

FITZBAREN, *à part.*

Le plat de résistance.

KARAIA.

La hure d'éléphant, et, chose d'importance,
Le jeune crocodile aux œufs frais de serpent.
Ricin à volonté.

FITZBABEN, *à part.*

Parfois l'on s'en repent.

LE ROI.

C'est tout ?

KARAIA.

C'est tout.

LE ROI.

C'est peu. Que l'on mette à la
[broche
Eléphants, perroquets...

FITZBAREN, *à part.*

Dont un dur comme roche.

LE ROI, *continuant.*

Et crocodile. Enfin, comme disent les blancs,
Mettez les petits plats au beau milieu des grands.

Karaia se retire en courant.

Pendant que Majungo va peler des oranges,
Le capitaine et moi nous ferons nos échanges.

*Majungo s'installe près de la corbeille d'oranges
placée sur la table et se met en devoir de les éplucher.
Le roi et Fitzbaren s'approchent de la caisse de verroterie dont ils soulèvent le couvercle. Ils conversent à
voix basse avec animation. Au même moment, revient
Karaia, toujours courant, mais la mine consternée.*

KARAIA, *tombant aux genoux du roi.*

Majesté, Majesté, je suis un homme mort.

LE ROI.

Eh ! qu'est-ce ?

KARAIA.

Assassiné !

LE ROI.

Quoi ?

KARAIA.

Détruit !

LE ROI.

Mais encor ?

KARAIA.

Les rats...

LE ROI.

Parleras-tu ?

KARAIA.

Les rats... maudites bêtes !
Ils ont...

LE ROI.

Achève donc.

KARAIA.

Mangé... Prenez nos têtes.

LE ROI.

Quoi ?

KARAIA.

Les provisions.

LE ROI.

Mon souper ? Tête et sang !
C'est la troisième fois.

KARAIA.

Ils étaient plus de cent
Acharnés sur la hure et le singe.

FITZBABEN, *à part.*

Je compte
Que le vieux cacatois aura trouvé son compte.

KARAIA.

Même le crocodile était tout dépecé.
Quant au vieux perroquet...

FITZBAREN, *anxieux.*

Eh bien ?...

KARAÏA.

Ils l'ont laissé.

LE ROI.

Abominable engeance et détestable peste,
Que ces rats pullulants ! — Homme blanc, œil céleste,
Lequel dans le grand livre a lu plus d'un secret,
Je pairais richement qui m'en délivrerait.
Dis-moi ce que tu veux, je l'accorde d'avance.
Ivoire, cailloux blancs — que vous nommez, je pense,
Diamants — poudre d'or, bois d'ébène, indigo,
Tout, je te livre tout ; prends même Majungo.

Il le pousse d'un grand coup vers Fitzbaren.

MAJUNGO, *essayant de protester.*

Mon prince, permettez...

LE ROI, *étonné et sévère.*

Ah ! Majungo, j'observe
Que depuis quelque temps tu manques de réserve.

MAJUNGO, *résigné et courbé.*

Excuse, Majesté.

Il lui baise l'orteil.

LE ROI, *le relevant.*

C'est bon, relève-toi,
Et ne dis pas toujours le contraire de moi.

A ce moment, Richard passe devant la porte de la case,
suivi de Belzébuth et de ses quatre chats; il s'arrête un
moment sur le seuil et est aperçu de Fitzbaren.

FITZBAREN, *à part.*

Parbleu, c'est à propos. Bons chats chassent de race,
Belzébuth et ses fils aux rats feront la chasse.

Au roi, haut :

Majesté, qu'il soit fait comme vous l'ordonnez,
Et si vous voulez voir un beau combat, venez.

Ils sortent tous.

SCÈNE VII.

INTERMÈDE MUET.

SOLDATS NÈGRES.

La sentinelle attend que tout le monde se soit éloigné. Puis elle
dépose son arc et ses flèches, fait des signes par la porte restée
ouverte. Arrivent successivement cinq autres soldats. Ils dansent
une sorte de pyrrhique. Après quoi, apercevant la corbeille d'o-
ranges, ils la saisissent, se la passent, se la dérobent, jonglent avec
les oranges, dont ils finissent par manger une partie. Un d'eux
placé aux aguets annonce le retour du roi. Tous disparaissent,
excepté la sentinelle qui reprend son poste et demeure impassible.

SCÈNE VIII.

FITZBAREN, RICHARD, LE ROI, MAJUNGO, SERVITEURS.

LE ROI, *joyeux.*

Non, j'en mourrai de rire et je suis d'une joie !
Les braves animaux ! Dès qu'ils ont vu la proie,

Ils ont bondi sur el' ᳐, et, tout à l'action,
En ont fait un carnage, une destruction !
Ces chats ont des façons de tigres dans la jungle,
Et savent travailler de la dent et de l'ongle.
Les rats jonchent le sol, le sang coule à longs traits :
Un bon sang, rouge et chaud ; j'en boirais ! j'en boi-
                                              [rais !

FITZBAREN , *à part.*

Radamaparama serait-il cannibale?

LE ROI.

Homme blanc, je tiendrai ma parole royale.
Cinquante dents d'ivoire et trois peaux de lion,
Ebène et poudre d'or à ta discrétion,
En plus vingt cailloux blancs seront ta récompense :
Vends-moi deux de ces chats.

FITZBAREN.

                    Oui, Sire, mais je pense
Que leur maître d'abord doit être consulté.
        A Richard.
Dick, quel est ton avis? C'est ta propriété.

RICHARD.

Ah! Monsieur Fitzbaren, je crois faire un beau rêve.
Le petit vagabond qui pleurait sur la grève,
Qui cherchait une pierre où reposer son front ;
Le mendiant à qui chacun faisait affront,
Et qui s'humiliait vainement sous l'insulte,
Est-ce le même enfant qu'aujourd'hui l'on consulte

Et que son cher seigneur invite à réfléchir
Pour voir s'il daignera se laisser enrichir?

FITZBAREN.

Sans doute en tout ceci la fortune eut son rôle,
Et l'aveugle déesse a comblé plus d'un drôle ;
Mais remonte à la source : il est aisé de voir
Que le bonheur te vient d'avoir fait ton devoir.

Au roi.

Majesté, c'est conclu : trois chats vous appartiennent.
Nous, comme il se fait tard et que les ombres viennent,
Nous allons regagner *La Licorne*, escortés
De vos riches présents dûment empaquetés.

LE ROI.

Majungo!

MAJUNGO.

Majesté?

LE ROI.

Va dire au majordome
De disposer le tout aux ordres de cet homme.

SCÈNE IX.

La scène change et représente une anse sur la côte voisine. Rochers à droite et à gauche; bois de cocotiers, obstrué de lianes épaisses. Il fait nuit. Un canot se balance sur son ancre, relié à la grève par une planche servant comme de pont. Les deux matelots allemands HERMANN *et* WILFRID *finissent de charger sur le canot les objets donnés par le roi.*

WILFRID, *sautant à terre.*

Tout est bien arrimé dans le canot major.
Ici les dents d'ivoire et là la poudre d'or.
Quant aux peaux de lion qui sont de moindre affaire,
On trouvera toujours moyen de s'en défaire.
Embarque, Hermann, embarque : il est temps de filer ;
On est sur nos talons, et l'on va nous héler.
Que cet Hermann est lent !
                Je ris rien qu'à l'idée
De ce beau coup de main. La superbe bordée
Que nous allons courir !

       Imitant l'appel des gens de mer.

                Ohé! du galion!
Ce petit canot porte un demi-million.

HERMANN, *se rapprochant.*

Ne chante pas si fort ; nous n'avons pas de veine,
Le meilleur nous échappe. Ah ! combinaison vaine!

9*

WILFRID.

Comment? Que dis-tu là ?

HERMANN.

         Ce sournois de patron
Garde les diamants cachés dans son giron.
Le traître, il se méfie et du coup nous dépouille.
Ça peut lui coûter cher.

WILFRID.

         Ah bah ! chantons-lui pouille
Et filons. Ce qu'on a su lit pour s'amuser.

Il va pour sauter dans le canot.

HERMANN, *l'arrêtant.*

Minute.

WILFRID.

Toi, lambin, tu nous feras pincer.

HERMANN, *lui serrant le bras.*

Wilfrid, sois donc un homme, et ta fortune est faite.

WILFRID, *hésitant.*

Pourvu que les couteaux ne soient pas de la fête.

HERMANN.

Ils n'en sont pas.

WILFRID.

C'est bien. Dis et ne sois pas long.

HERMANN.

Saisir le Fitzbaren et lui mettre un bâillon,
Puis le bien garrotter, enfin, sur cette grève,
Lui laisser achever un bon sommeil sans rêve,
Voilà le plan, mon cher.

WILFRID.

Il est bon.

HERMANN.

Il est sûr,
D'autant qu'il fait nuit close et que l'air est obscur.

WILFRID.

Oui, mais Dick Wittington? Penses-tu qu'il se charge
De tenir le fanal quand nous prendrons le large?

HERMANN, *haussant les épaules.*

Ce gamin, mal remis de deux mois de scorbut?

WILFRID.

Soit, on en vient à bout; mais son chat Belzébuth?
Je ne puis affronter cette bête effroyable

Dont les grands yeux de braise ont un éclat du diable.
Il est sorcier, vampire ou nécromancien.

Hermann rit.

Oui, oui, dis à ton gré.

HERMANN.

Mais je ne te dis rien,
Je pense comme toi ; seulement, je t'annonce
Que le noir Belzébuth à naviguer renonce ;
Son maître l'a troqué pour payer les trésors
Qui sont arrimés là.

WILFRID.

C'est sûr ?

HERMANN.

Très sûr.

WILFRID,

Alors
Aucune objection ; j'ai peu de sympathie
Pour ce cafard de Dick et je fais ta partie.

HERMANN, *l'oreille au guet.*

En garde ! C'est nos gens.

WILFRID.

Charge-toi du patron,
Moi du gamin.

HERMANN.

C'est dit.

Ils s'embusquent derrière les rochers par lesquels débouche le sentier que suivent les survenants. — Bruit de pas et de voix.

WILFRID, *à demi caché.*

Hé ! j'entends le ronron
Du maudit Belzébuth. J'aperçois deux prunelles
Flamboyer dans la nuit en guise de chandelles.
Hermann, il a juré. Je n'oserai jamais.

HERMANN, *caché.*

Poltron ! ils sont à nous et tout marche à souhaits.

SCÈNE X.

LES MÊMES, FITZBAREN, RICHARD, *avec Belzébuth sur l'épaule.*

Fitzbaren et Richard passent à portée des deux traîtres. Hermann saute résolument à la gorge de M. Fitzbaren, lui enveloppe la tête dans un morceau de toile à voile, le terrasse et s'empare de la bourse où sont les diamants. Wilfrid, terrifié par l'apparition de Belzébuth, manque son coup et se sauve. Mais au même moment un coup de sifflet est donné par Dick. Le bois de cocotiers s'illumine. Gordon, Parker et plusieurs matelots se précipitent, la torche d'une main, la hache de l'autre. On saisit Wilfrid, on dégage Fitzbaren. Hermann bondit vers le canot, mais on lui coupe la route.

HERMANN.

Manqué, vite au canot ! — Coupés ! damnation !

Il est arrêté et garrotté.

WILFRID, *pleurard.*

Pendre au bout d'une vergue, et sans confession
Mourir, c'est dur, Hermann !

HERMANN.

Wilfrid , c'est de ta faute!

FITZBAREN, *aux deux prisonniers.*

Ah ! ah ! mes deux gaillards, vous comptiez sans votre
[hôte,
Je veux dire sans Dick.

Il embrasse Richard avec effusion.

Brave et digne garçon !
Plus prudent que son maitre, et de toute façon.

A Gordon et à Parker, en leur serrant la main.

Vous, Gordon et Parker, ce mois-ci triple paie.

GORDON ET PARKER.

Ah ! patron !

FITZBAREN, *aux prisonniers.*

Quant à vous, c'est d'une autre monnaie
Que vous serez payés. A fond de cale, aux fers !

WILFRID.

Maudit soit Wittington et son chat aux yeux verts !

On les emmène vers le canot.

FITZBAREN , *à Richard.*

Et toi qui m'as sauvé, bon Dick, je te propose
Association. Acceptes-tu la chose ?

RICHARD.

Vous me comblez, Monsieur, et puisse un autre nom
Un jour vous agréer !

FITZBAREN.

Je ne dis pas que non.

Ils s'embarquent tous.

TROISIÈME JOURNÉE

LORD-MAIRE.

L'action se passe vingt ans après les scènes précédentes. On est à Londres, sur la place publique, en avant de Mansion-house, hôtel de ville de Londres. Au fond, façade de l'hôtel de ville avec son grand balcon en saillie. Des deux côtés de la place, boutiques avec leurs enseignes. On distingue celles d'un cabaretier, d'un marchand de toile, d'un apothicaire. Les trois marchands causent ensemble sur le pas de leur porte.

Groupes populaires qui commencent à se former sur plusieurs points de la place.

SCÈNE I.

LE MARCHAND DE TOILE, LE CABARETIER, L'APOTHICAIRE.

LE MARCHAND DE TOILE.

C'est pourtant aujourd'hui qu'on nomme le Lord-Maire.
Ce n'est pas malheureux.

L'APOTHICAIRE, *au cabaretier.*

C'est une bonne affaire
Pour les cabaretiers que ces élections.
Pas vrai, voisin ?

LE CABARETIER.

Mais oui. Les consommations
Pleuvent dru ce jour-là.

LE MARCHAND DE TOILE.

L'on commence par boire
Au candidat qu'on aime, et puis à sa victoire ;
Et puis, s'il est vaincu, pour consolation,
On s'accorde le moins une libation,
Et de libation en libation, dame,
La bourse du marchand s'arrondit.

Apercevant une bourgeoise arrêtée devant son magasin.

Eh ! madame !
Entrez, vous choisirez : j'ai des toiles de lin.

Il entre dans sa boutique avec l'acheteuse.

L'APOTHICAIRE, *au cabaretier.*

Il n'est tel, voyez-vous, que de vendre du vin,
On ne chôme jamais.

LE CABARETIER.

Et les apothicaires ?
Ils ont certains profits qui ne tarissent guères.
La fièvre avec la peste, en bons associés,
Travaillent bien pour eux.

L'APOTHICAIRE.

Pas tant que vous croyez.
Que de mortes saisons dans notre ministère !

Et puis, c'est volontiers sur nous qu'on se resserre.
Si l'argent se fait rare et si les fonds sont bas,
Plus de remèdes, non : on ne se purge pas.
Imprudence, voisin, déplorable imprudence,
Qui se paye parfois plus cher que l'on ne pense.
Et tenez, Fitzbaren, vous savez Fitzbaren,
Le plus riche armateur de Londre, après Warren,
Eh bien, nous l'enterrions le mois dernier, à cause
D'une purgation prise à trop faible dose.

LE CABARETIER.

Son gendre Wittington est candidat, dit-on.

L'APOTHICAIRE.

Certe, et je parirais pour Richard Wittington.
C'est notre homme. Il faudrait que la cité de Londre
Fût diablement ingrate.

LE CABARETIER.

                        Est-ce qu'on peut répondre
En fait d'élections? Les suffrages des gens
Sont, tout comme les flots, mobiles et changeants.

L'APOTHICAIRE.

Songez à ce qu'il fit ces dernières années :
Un asile en faveur des femmes condamnées,
Un autre aux vagabonds, et ce n'est pas fini.

LE CABARETIER.

Et que de malheureux en secret l'ont béni !

Car il va visiter les bouges, les mansardes,
Distribuer du pain, distribuer des hardes;
A défaut de pécune, il a de bons conseils.

L'APOTHICAIRE.

C'est un grand cœur, enfin, et si tous ses pareils
En usaient comme lui...

Ici l'on entend un carillon de cloches.

LE CABARETIER.

Silence, on carillonne;
Ce doit être fini.

*Le carillon de Mansion-house tinte sur le même
rythme que dans la scène des cloches, au premier acte.*

L'APOTHICAIRE, *prêtant l'oreille.*

Parbleu, l'affaire est bonne.
Dans ce carillon-là, voisin, entendez-vous
Le nom de Wittington qui bourdonne sur nous ?

Il fredonne les paroles, en battant la mesure du doigt.

Ding, ding, don, ding, ding, don,
Wittington, Wittington,
Ding, ding, don, ding, ding, don,
Te voici maire de London.

LE CABARETIER.

C'est, ma foi, vrai, voisin. La voix aérienne
Est ordinairement bonne magicienne.

Il fredonne à son tour, avec accompagnement du carillon :

Ding, ding, don, ding, ding, don,
Wittington, Wittington,
Ding, ding, don, ding, ding, don,
Te voici maire de London.

L'APOTHICAIRE.

On en verra l'effet.

Les fenêtres du balcon de Mansion-house s'ouvrent et s'enguirlandent ; des serviteurs et des hérauts en robe écarlate s'y présentent. Mouvement dans la foule.

LE CABARETIER.

Le balcon se pavoise.
Bon, voici le héraut aux couleurs de framboise,
Et perruque à frimas, plus d'énormes mollets,
Comme certificat qu'on est un bon Anglais,
Nourri de bon rosbeef, de viande qui saigne,
Et non pas de blé noir, de fève et de châtaigne,
Comme ces Irlandais.

Sonnerie de trompettes, fanfares ; hurrahs dans la foule.

UN HÉRAUT, en grand costume, sur le balcon.

Bourgeois de la cité,
Peuple et marchands, sachez qu'à l'unanimité
Des suffrages rendus, sans brigue ni mystère,
Sir Richard Wittington est élu pour Lord-Maire.
Donc la procession dans huit jours se fera
Avec pompe, banquet, harangue, et cetera.
Les corporations ayant place au cortège
Partiront de ce lieu. Bourgeois, Dieu vous protège!

Nouvelle fanfare ; cris de vive le Lord-Maire! vive Wittington! Old England for ever!

DEUXIÈME HÉRAUT, *sur le balcon.*

Sir Richard Wittington vous fait tous assavoir
Que pour remercier Dieu selon son pouvoir,
Et reconnaître aussi d'une façon civile
La grâce qu'il reçoit du conseil de la ville,
Il fait distribuer dans les quatre quartiers
Pain, viande de bœuf, ale, hardes, deniers,
Sans compter qu'aux enfants aujourd'hui sans asile
Il ouvre une maison, carrefour Saint-Basile,
Où seront recueillis, instruits, catéchisés,
Les petits orphelins pauvres et délaissés.
Enfin à tous enfants nés dans cette journée
Une dot raisonnable est d'avance assignée,
Pour leur être soldée en beaux deniers comptants,
Sans déchet, sans délai, de ce jour en vingt ans.

> *Le héraut se retire, les fenêtres se referment ; la foule se disperse aux cris répétés : Vive Wittington ! vive le Lord-Maire ! Old England for ever !*

LE CABARETIER, *seul, songeur.*

Ce Richard est vraiment une âme magnifique.
Quel moyen employer pour avoir sa pratique ?

> *Il rentre chez lui.*

SCÈNE II.

SHEPPARD et MALCOLM, *l'un aveugle, l'autre estropié, arrivent, l'un dirigeant l'autre. Ils ont sur la poitrine une pancarte : sur celle de Sheppard sont inscrits ces mots : Aveugle ; ses yeux ont été mangés par une bête féroce. Sur celle de Malcolm on lit : Estropié ; tombé d'un échafaud.*

MALCOLM.

Eh ! Sheppard ?

SHEPPARD.

Eh! Malcolm?

MALCOLM.

Qu'en penses-tu, mon vieux?

SHEPPARD.

De quoi?

MALCOLM.

De ce Lord-Maire?

SHEPPARD.

On dit qu'il est né gueux,
Et qu'il traversa Londre au temps de son enfance
En mendiant son pain.

MALCOLM.

Faut-il avoir la chance!

SHEPPARD.

Peut-être qu'il a fait le contraire de nous :
Peiner et travailler, rendre service à tous,
Dès qu'on a quatre sous, ne pas les aller boire ;
Il valait mieux que toi.

MALCOLM.

Dis donc mieux que nous.

SHEPPARD.

Voire.

Un serviteur à la livrée de Wittington sort de Man-
sion-house chargé de deux pains blancs et d'une tourse.

LE SERVITEUR, *aux deux mendiants.*

Tenez, les gentlemen à l'écriteau, voici
Un pain blanc pour chacun, puis encore ceci.

Il leur remet la bourse.

De la part du Lord-Maire ; en outre, il vous accorde
Permission d'entrer à *la Miséricorde,*
Où vous aurez un lit pour la fin de vos jours.

Il rentre.

SHEPPARD.

Un lit pour soi tout seul !

MALCOLM.

Un lit, et pour toujours !
Sheppard, depuis vingt ans je n'ai dit ma prière.
Nous la dirons ce soir, veux-tu ? pour le Lord-Maire.

SHEPPARD.

Malcolm, j'aurai vécu comme un fier garnement;
Mais de ce jour ici complet amendement.

MALCOLM.

Un tel bienfait, Sheppard, nous tou che Dieu sait
[comme,
Et je voudrais finir mes jours en honnête homme.

NOTES

L'ENFANCE DE ROLAND.

PAGE 20........ Cet homme couvert d'une peau de mouton.

Voici sur la simplicité de Charlemagne dans ses vêtements une anecdote caractéristique du moine de Saint-Gall :

« Charlemagne, après la prise de Pavie, se trouvait à Aquilée. Un Dimanche, à la messe, il vit tous ses courtisans étaler des vêtements neufs et brillants, achetés à des marchands vénitiens. La soie, la pourpre de Tyr, les fourrures légères et les étoffes artistement piquées, garnies de bordures d'écorces de cèdre ou de plumes chatoyantes de paon et d'oiseaux de Phénicie, emprisonnaient les membres robustes de ces hommes de guerre. Charlemagne, feignant de ne pas remarquer ce luxe insolite, leur dit, à la sortie de l'église : « Ne nous laissons pas engourdir dans un repos qui nous mènerait à la paresse. Au lieu de rentrer au logis, allons chasser jusqu'à ce soir. » Une telle invitation était un ordre. Il fallut partir sans retard. Or la journée était brumeuse, il tombait une pluie fine et pénétrante qui eut bientôt percé et fané les riches atours des chasseurs. Ils coururent ainsi les bois tout le reste du jour, trempés sous leurs légers accoutrements, déchirés aux broussailles, éclaboussés par la boue et par le sang des animaux tués. Car il n'était pas possible de ne pas prendre la chasse au sérieux, et chacun sentait l'intérêt qu'il avait à faire preuve de courage et d'adresse devant le maître. Au retour, Charlemagne, poursuivant froidement ce jeu ironique, les retint à passer la soirée au palais, et les fit approcher d'un grand feu sans quitter leurs vêtements, disant qu'ils sécheraient mieux sur leur corps. La soie, les broderies, les ornements de plumes, plissés et tirés par la chaleur, craquaient de toutes parts quand ils allèrent se déshabiller. Pour comble, le roi leur avait dit de revenir le lendemain dans le même costume. Ils parurent à ce rendez-vous tout honteux et dans le plus ridicule équipage. Charles prit le justaucorps de peau de brebis qui l'avait couvert la veille et dit au serviteur de sa chambre : « Va-t'en frotter dans tes mains notre habit de chasse, et rapporte-le vite. » Montrant alors à ses invités ce vêtement encore solide et propre : « Insensés, s'écrie-t-il, quel est maintenant le plus précieux et le plus utile de nos habits? est-ce le mien que je n'ai acheté qu'un sou, ou les vôtres qui vous ont coûté des livres pesants d'argent? »

PAGE 21. ..... Et cette barbe blanche
          Dont on fait cent récits.

Il faut renoncer à la légende de Charlemagne « à la barbe fleurie. » Les monuments de l'époque contredisent ici les chroniqueurs et les poètes. « La mosaïque du Vatican, exécutée en 796, nous représente le héros à l'âge de cinquante-quatre ans, avec un menton rasé et portant seulement de longues moustaches, à la manière des Francs du temps de la conquête. » (Vétault, *Charlemagne*, XI, p. 364.)

PAGE 23. Quatre plats seulement ! C'est peu pour une table
          D'Empereur ou de Roi.

« Le service n'avait en lui-même rien de luxueux; il se composait de quatre mets, dont un rôti... Charles était extrêmement sobre dans le boire comme dans le manger... Après la bénédiction prononcée par le chapelain, un clerc placé sur une estrade lisait à haute voix tantôt les vieilles chroniques des Francs et leurs épopées barbares, plus souvent les ouvrages de saint Augustin, particulièrement goûtés de Charlemagne. (*ibidem.*)

PAGE 25. Il ne sera pas dit que notre mère aimée
          De ce festin royal n'aura que la fumée.

Ces vers et les suivants, jusqu'à la fin de l'acte, sont une imitation de la ballade de Uhland (*Roland Petit*). Il est juste de citer ici cette charmante pièce du poète allemand :

L'enfant avait 7 ans. Sa mère, sœur de l'Empereur, s'était mariée sans l'aveu de son illustre frère. La mort de son époux, tué dans un combat, la plonge, elle et son fils, dans une détresse profonde. Affamée, couverte de haillons, elle vint comme une mendiante rôder avec Roland dans la cour du palais, où Charlemagne, assis à une table somptueuse, fêtait dans un banquet une glorieuse victoire. Tout à coup Roland lui échappe et fend la presse des courtisans.

Il entre dans la salle comme si c'était sa propre maison. Il enlève un plat et l'emporte sans rien dire.

Qu'est-ce que cela ? pense le roi. Voilà une singulière façon. Cependant il laisse aller l'enfant, et les autres font comme lui.

Au bout de quelques minutes, Roland revient, marche droit au roi et prend sa coupe d'or. « Oh là ! oh là ! petit drôle, » s'écrie Charlemagne. Mais Roland, loin de lâcher la coupe, regarde le roi dans les yeux.

Le roi commence à froncer le sourcil ; mais soudain il se met à rire : « Tu cours dans ma salle d'or comme si c'était une forêt verte. Tu prends les plats sur ma table royale comme on cueille les fruits du pommier.

— C'est pour ma mère, répond l'enfant.

— Ta mère est donc une bien noble dame ? Elle a donc un beau château et une cour brillante ? Dis-moi quel est son écuyer tranchant. Quel est, dis-moi, son échanson ?

— Ma main droite est son écuyer tranchant ; ma main gauche son échanson.

— Dis-moi quels sont ses gardes fidèles ?

— A toute heure ce sont mes yeux bleus.

— Dis-moi quel est son gai ménestrel ?

— C'est ma bouche vermeille.

— Par ma foi, dit Charlemagne, la dame a de vaillants serviteurs. » Puis regardant l'habit de Roland, formé de pièces de quatre couleurs : « Mais elle aime les livrées bizarres et les couleurs mélangées comme un arc-en-ciel. Une si noble dame ne peut rester loin de ma cour. Allons, trois dames, trois seigneurs, amenez-la près de moi. »

Roland, la coupe à la main, traverse les pompeux portiques. Sur un signe du roi, trois dames et trois seigneurs le suivent.

Quelques minutes après, le roi voit revenir en hâte dames et seigneurs.

« Dieu du ciel ! s'écrie-t-il, vois-je clair ? Ceux que j'ai raillés dans ma cour, c'est mon propre sang ! Dieu du ciel ! Ma sœur Berthe en habit de pèlerin, et, dans mon riche palais, un bâton de mendiante à la main ! »

Berthe tombe à ses pieds, comme une pâle statue de marbre. Le vieux courroux du roi se réveille ; il la regarde d'un air sombre.

Berthe baisse soudain les yeux : elle n'ose proférer une parole. Roland lève vivement les siens, et adresse à son oncle un joyeux bonjour.

Alors le roi, d'un ton plus doux : « Lève-toi, ma sœur ; à cause de cet enfant chéri, il faut te pardonner. »

Berthe se relève pleine d'allégresse : « Cher frère, merci ! Roland te palera tout le bien que tu me fais. Il deviendra comme son roi, il portera sur sa bannière et sur son bouclier les couleurs de plusieurs royaumes ; sa main dépouillera la table de plusieurs rois; Il donnera gloire et honneur à sa ville natale. »

PAGE 33. Sur l'école du Palais, la visite de Charlemagne aux enfants de cette école et sa semonce aux fils des nobles, voici ce qu'on lit dans le moine de Saint-Gall :

« Au moment où ce monarque commença à régner seul sur les régions occidentales du monde, l'étude des lettres était tombée partout dans un oubli presque complet : le hasard amena d'Irlande sur les côtes de la Gaule, en compagnie de marchands bretons, deux Écossais, hommes profondément versés dans les lettres profanes et sacrées. Ils n'étalaient aucune marchandise ; mais chaque jour ils criaient à la foule qui accourait pour faire des emplettes : « Si quelqu'un désire de la science, qu'il vienne à nous et en prenne, car nous en vendons. » Ils répétèrent si longtemps cette annonce que les gens, émerveillés ou les croyant fous, portèrent la chose aux oreilles de Charles. Dévoré d'un amour insatiable pour la science, Charles manda ces deux étrangers, et s'enquit auprès d'eux s'il était vrai que, comme le publiait la renommée, ils apportassent la science avec eux. « Oui, répondirent-ils, nous la possédons et sommes prêts à la donner à ceux qui la cherchent sincèrement, et pour la gloire de Dieu. » Charles s'enquit alors de ce qu'ils prétendaient pour l'accomplissement de leurs désirs. « Nous réclamons uniquement, répliquèrent-ils, des emplacements convenables, des esprits bien disposés, la nourriture et le vêtement, sans lesquels nous ne pourrions subsister pendant notre voyage dans ce pays. » Comblé de joie par ces réponses, le monarque les garda quelque temps auprès de sa personne ; mais, bientôt après, forcé de partir pour des expéditions militaires, il enjoignit à l'un d'eux, nommé Clément, de rester dans la Gaule, et lui confia, pour les instruire, un grand nombre d'enfants appartenant aux plus nobles familles, aux familles de classe moyenne et aux plus basses ; désirant pourvoir aux besoins du maître et des élèves, il ordonna de leur fournir tous les objets indispensables à la vie, et assigna pour leur habitation des lieux commodes. Quant à l'autre Écossais, Charles l'emmena en Italie, et lui donna le monastère de Saint-Augustin, près de Pavie, pour y réunir tous ceux qui voulaient venir prendre ses leçons.

« Albin, nommé aussi Alcuin, Anglais de naissance, apprenant avec quel empressement Charles, le plus religieux des rois, accueillait les savants, s'embarqua et se rendit à la cour de ce prince. Disciple de Bède, le plus érudit des commentateurs après saint Grégoire, Alcuin surpassait de beaucoup les autres savants des temps modernes dans la connaissance des Écritures. Charles, à l'exception du temps où il allait en personne à des guerres importantes, eut constamment et jusqu'à sa mort Alcuin avec lui. Il se faisait gloire de se dire son disciple, l'appelait son maître, et lui donna l'abbaye de Saint-Martin près de Tours, pour s'y reposer et instruire ceux qui accouraient en foule pour l'entendre.

« De retour dans la Gaule après une longue absence, le très victorieux Charles se fit amener les enfants remis aux soins de Clément, et voulut qu'ils lui montrassent leurs lettres et leurs vers ; les élèves sortis des classes moyenne et inférieure présentèrent des ouvrages qui passaient toute espérance, et où se faisaient sentir les plus douces saveurs de la science ; les autres, au contraire, n'eurent à produire que de froides et misérables pauvretés. Le très sage empereur, imitant alors la justice du souverain juge, sépara ceux qui avaient bien fait, les mit à sa droite, et leur dit : « Je vous loue beaucoup, mes enfants, de votre zèle à remplir mes intentions et à rechercher ardemment votre propre avantage. Maintenant, efforcez-vous d'atteindre à la perfection ! alors je vous donnerai de riches abbayes, et vous tiendrai toujours pour gens considérables à mes yeux. » Tournant ensuite un front irrité vers les élèves demeurés à sa gauche, portant la terreur dans leurs consciences par son regard enflammé, tonnant plutôt qu'il ne parlait, il lança sur eux ces paroles pleines de la plus amère ironie : « Quant à vous, qui êtes les fils des principaux de la nation, vous, enfants délicats et efféminés, vous reposant sur votre naissance et votre fortune, vous avez négligé mes ordres et le soin de votre propre gloire dans vos études, et préféré vous abandonner à la mollesse, au jeu, à la paresse ou à de futiles occupations. » Ajoutant à ces premiers mots son serment accoutumé, et levant vers le ciel sa tête auguste et son bras invincible, il s'écria d'une voix foudroyante : « Par le Roi des cieux, permis à d'autres de vous admirer ; je ne fais, moi, nul cas de votre naissance et de votre beauté ; sachez et retenez bien que, si vous ne vous hâtez de réparer par une constante application votre négligence passée, vous n'obtiendrez jamais rien de Charles. »

D'après le moine de Saint-Gall. — Traduit par Guizot.

> Qu'est-ce que la patrie ? — Une mère. — Et comment
> La devons-nous aimer ? — Tout filialement.

Inutile de faire remarquer que ces vers et ceux qui suivent expriment des sentiments de plusieurs siècles moins anciens que la date de la pièce. L'idée de patrie perce dans la *Chanson de Roland*. Il fallut les misères de la guerre de Cent Ans et l'héroïque exemple de Jeanne d'Arc pour la faire subitement mûrir. Nous signalons l'anachronisme, mais loin de nous la pensée de nous en excuser.

LA VOCATION DE BAYARD.

Cette pièce et les deux suivantes, le *Petit Guiffrey de Boutière*, les *Dames de Brescia*, sont directement imitées des récits du *Loyal Serviteur*. Nous aurions trop à faire s'il nous fallait reproduire tous les passages empruntés. Indiquons pour la commodité du lecteur : les *avis de la mère de Bayard à son fils*, et toute la scène des *Dames de Brescia* voulant faire accepter un présent au bon chevalier. Voici le texte de ce dernier épisode, lequel est vraiment exquis :

« Bayard venait de se mettre sur une chaise et se reposait, lorsqu'il vit paraître son hôtesse suivie d'un domestique portant un petit coffre d'acier. Elle se jette à ses genoux. Il la relève aussitôt et ne souffre pas qu'elle dise une parole avant de s'être assise auprès de lui.

« Monseigneur, dit-elle humblement, lors de la prise de cette ville, Dieu, en vous adressant à cette maison, qui est vôtre, ne me fit pas moindre grâce qu'en sauvant la vie de mon mari, celle de mes deux filles et la mienne. Depuis que vous êtes entré ici, pas une insulte ni à moi, ni au moindre de mes serviteurs; je n'ai eu qu'à me louer de vos gens, ils n'ont pas pris la valeur d'un liard sans payer. Monseigneur, je suis assez avertie que mon mari, moi, mes enfants et tous ceux de la maison, nous sommes vos prisonniers, que vous pouvez faire et disposer de nous à votre bon plaisir, ainsi que des biens qui sont ici; mais, connaissant la noblesse de votre cœur, à qui nul autre ne pourrait être comparé, je suis venue pour vous supplier très humblement d'avoir pitié de nous et d'en user à notre égard avec votre libéralité accoutumée. Voici un petit présent que nous vous faisons; il vous plaira de l'agréer. »

« Alors elle prit le coffre aux mains de son serviteur et l'ouvrit. Le Bon Chevalier le vit plein de beaux ducats. Le noble seigneur, qui jamais en sa vie ne fit cas d'argent, se mit à rire et dit : « Madame, combien de ducats y a-t-il dans cette boîte? »

« La pauvre femme eut peur qu'il ne fût courroucé d'en voir si peu, et lui dit : « Monseigneur, il n'y a que deux mille cinq cents ducats; mais, si vous n'êtes content, nous en trouverons d'autres.

« — Par ma foi, Madame, quand vous me donneriez cent mille écus, je ne vous serais pas si obligé que des bons traitements que j'ai reçus ici et de l'aimable compagnie que vous m'avez faite. Je vous assure qu'en quelque lieu que je me trouve , vous aurez en moi, tant que Dieu me donnera vie, un gentilhomme à vos ordres. Pour vos ducats, je n'en veux point et je vous en remercie; reprenez-les. Toute ma vie, j'ai toujours mieux aimé les gens que les écus, et tenez pour certain que je m'en vais aussi content de vous que si cette ville était à votre disposition et que vous me l'eussiez donnée. »

« La bonne dame, stupéfaite de ce refus, se remit à genoux, et Bayard l'ayant encore promptement relevée, elle reprit :

« Monseigneur, je me sentirais à jamais la plus malheureuse femme du monde si vous n'emportiez le petit présent que je vous fais ; ce n'est rien au prix de la courtoisie dont vous m'avez donné par le passé et dont vous me donnez encore ici la preuve par votre grande bonté. — Bien donc, Madame, dit Bayard, la voyant insister d'un si grand cœur, je le prends pour l'amour de vous ; mais allez-moi quérir vos deux filles, car je voudrais leur dire adieu. »

« C'étaient de telles jeunes filles, bonnes et bien élevées; souvent elles avaient distrait le Bon Chevalier pendant sa maladie, soit en chantant ou en jouant du luth et de l'épinette ; d'autres fois elles brodaient à côté de lui.

« Pendant que la mère va chercher ses deux filles et que celles-ci s'habillent, Bayard fait diviser les ducats en trois parts, deux de mille et une de cinq cents.

« Les jeunes personnes, en entrant, se jettent aux genoux du Bon Chevalier, qui les relève sur-le-champ.

« Monseigneur, dit l'aînée, voici devant vous ces deux pauvres jeunes filles à qui vous avez fait tant d'honneur que de les préserver de toutes injures ; elles viennent prendre congé de vous en remerciant très humblement votre Seigneurie de la grâce qu'elles ont reçue et dont à jamais elles prieront Dieu pour vous. »

« A la vue de tant de grâce, de douceur et d'humilité, Bayard sentit des larmes dans ses yeux.

« Mesdemoiselles, répondit-il, vous faites ce que je devrais faire; c'est moi qui devrais vous remercier de la bonne compagnie que vous m'avez tenue; je vous en ai une obligation et une reconnaissance infinies. Vous savez que les gens de guerre ne sont pas trop chargés de belles choses à offrir aux dames; pour ma part, il me déplaît fort de n'en être pas bien garni pour vous en faire présent, comme je le devrais. Voici madame votre mère qui m'a offert deux mille cinq cents ducats que vous voyez sur cette table; je vous en donne à chacune mille pour aider à vous marier. Vous prierez, s'il vous plaît, Dieu pour moi. Je ne vous demande pas autre chose. »

« Bon gré mal gré, il mit les ducats dans leurs tabliers, puis s'adressant à la mère :

« Madame, quant à ces cinq cents ducats, je les retiens à mon profit pour les partager aux pauvres couvents de dames qui ont été pillés. C'est une commission dont vous voudrez bien vous charger vous-même, car, mieux que tout autre, vous apprécierez où sera la nécessité. Sur cela, je prends congé de vous. »

« Il leur toucha à toutes la main, selon la mode d'Italie; elles tombèrent à genoux et, à les voir pleurer à chaudes larmes, il semblait qu'on voulût les conduire à la mort. »

LE LIBÉRATEUR DE L'ALSACE

PAGE 183. On m'a conté le trait d'un fermier champenois.

« Le premier président de la cour des aides a une terre en Champagne; son fermier lui vint signifier l'autre jour, ou de la rabaisser considérablement, ou de rompre le bail qui en fut fait, il y a deux ans. On lui demande pourquoi; on dit que ce n'est point la coutume. Il répond que, du temps de M. de Turenne, on pouvait recueillir avec sûreté et compter sur les terres de ce pays-là; mais que, depuis sa mort, tout le monde quittait, croyant que les ennemis vont entrer en Champagne. Voilà des choses naturelles qui font son éloge aussi magnifiquement que les Fléchier et les Mascaron. »

(Sévigné, lettre d'août 1675.)

PAGE 185. Ils ont même ajouté que vous étiez leur père.

« Il y avait de jeunes soldats qui s'impatientaient un peu dans les marais, où ils étaient dans l'eau jusqu'aux genoux; et les vieux soldats disaient : Quoi! vous vous plaignez? on voit bien que vous ne connaissez pas M. de Turenne, il est plus fâché que nous quand nous somme mal; il ne songe, à l'heure qu'il est, qu'à nous tirer d'ici. Il veille quand nous dormons; c'est notre père. On voit bien que vous êtes jeunes. »

(Sévigné, 16 août 1675.)

PAGE 193. Il est temps de songer à ses erreurs passées,
Au compte que demain l'on devra rendre à Dieu.

« Je reviens à M. de Turenne qui, en disant adieu à M. le cardi-
nal de Retz, lui dit : « Monsieur, je ne suis point un *diseur*, mais
je vous prie de croire sérieusement que sans ces affaires-ci, où
peut-être on a besoin de moi, je me retirerais comme vous; et je
vous donne ma parole que si j'en reviens, je ne mourrai pas sur
le coffre, et je mettrai, à votre exemple, quelque temps entre la vie
et la mort. »   (Sévigné, 2 août 1675.)

PAGE 193. Ni trève, ni repos pour nous tant que leur race
Te foule sous les pieds, noble terre d'Alsace.

Voici les propres paroles de Turenne au marquis de La Fare :
« Il ne faut pas qu'il y ait un homme de guerre en repos en
France tant qu'il y aura un Allemand en deçà du Rhin, en
Alsace. »   (Mémoires de La Fare.)

PAGE 194. Sur le plan de bataille de Turenne à Turckheim, c'est
encore La Fare qui fournit les détails mis en œuvre dans notre
scène.

« Personne ne comprenait rien à son dessein; car il semblait
prêter le flanc aux ennemis... Cela m'inquiéta comme plusieurs
autres, et comme je pouvais lui dire ce qui me venait dans la tête,
que j'étais sans conséquence, et, si j'ose le dire, dans son amitié,
il me l'avait permis, je gagnai la tête de la colonne et lui dis:
« Je vous demande pardon, Monseigneur, si j'ose vous dire que
nous tous sommes très inquiets de la marche que vous nous
faites faire, et de voir que nous allons donner du nez dans cette
montagne (le Hohenlandsberg) et sommes tous les uns sur les
autres dans cette vallée. » Il me dit: « Effectivement, vous n'avez pas
tort, mais j'ai compris que l'armée des ennemis, qui a le ruisseau
de Turckheim (le Fecht) devant elle, et Colmar à sa gauche, où
sont les vivres et les munitions, ne se départirait point d'un bon
poste où elle est pour tomber sur moi, et ne passerait point le
ruisseau; que d'ailleurs elle n'abandonnerait pas Colmar, où sont
ses magasins, de peur que je me jetasse de ce côté-là et ne m'en
saisisse; que pourtant elle n'était pas assez grande pour tenir
Turckheim autrement que par un détachement, et qu'ainsi, me

saisissant de ce poste, comme je vais tâcher de faire tout à l'heure, je me donnerai un passage dans leur flanc qui les obligera à retourner leur armée et à me mettre dans un terrain égal aux uns et aux autres. »   (Mémoires de La Fare.)

Enfin voici la lettre écrite à Louvois par Turenne, le lendemain même de la victoire :

« J'ai cru, Monsieur, que le roi serait bien aise de savoir ce qui se fait à l'armée. Les ennemis s'étaient mis à un très bon poste près Colmar. Je me saisis par un très grand bonheur d'une petite ville nommée Turckheim, à leur aile droite. Leur infanterie attaqua un poste qui la flanquait. Le combat d'infanterie seulement a duré trois ou quatre heures; ils ont été repoussés à l'entrée de la nuit, et j'arrive présentement près Colmar, où il n'y a personne... On prend beaucoup de prisonniers. »

PAGE 199. Amenez le berger,
      Le petit Jean Gautier.

« Il avait fait connaissance avec un berger qui savait très bien les chemins et le pays ; il allait seul avec lui et faisait poster ses troupes selon la connaissance que cet homme lui donnait. Il aimait ce berger et le trouvait d'un sens admirable : il disait que le colonel Bec était venu comme cela et qu'il croyait que ce berger ferait sa fortune comme lui. »

                    (Sévigné, 16 août 1675.)

TABLE DES MATIÈRES